トリガー・ハッピー 1

崎谷はるひ

幻冬舎ルチル文庫

CONTENTS ✦目次✦

トリガー・ハッピー 1

✦カバーデザイン＝齊藤陽子（CoCo.Design）
✦ブックデザイン＝まるか工房

イラスト・冬乃郁也✦

virgin shock!

◆　四月　◆

それは真っ黒な、鳥かと思った。

ふわりと舞うように風を切って、軽やかに翻ったのは黒に近い濃紺のジャケットと気づく頃には、目の前にいた連中が次々、何が起こったのかわからないという顔をして、地面に尻をついていた。

「……なんだ、てめー！」

唯一その難を逃れた羽田義経《はねだよしつね》は、きりりとその大きな瞳《ひとみ》を吊《つ》り上げて、広い背を向けたままの男をにらみ付ける。

両手をポケットに突っこんだまま、やや猫背で立つ男のまとう、海風を孕《はら》んだままのジャケットは前ボタンを開ききって、だらしないことこの上ない。肩幅は広かったが、シルエットとしては上背《うわぜい》の高さゆえかすっきりと細目に映る。

海沿いの波止場、春の陽光は海面を弾《はじ》いて眩《まばゆ》く、振り返る男の鋭利な輪郭を白く縁取った。

逆光に目を眇《すが》めた羽田には、その肉厚な口元がやわらかなカーブを描いていることしかわからない。

「なんだ、って……刑事さんです」

はじめて聞くその声音は低く、やわらかにくぐもっている。甘い、と言って差し支えない重低音であるのに、羽田はなぜか背中が総毛立つのを感じた。

こいつ、強い。

直感的に感じ取ったのは、目の前で十人近くの連中をあっさりなぎ倒したという事実からばかりでもない。

(スキがねえ……どっこも)

だらしないくわえ煙草のまま、飄々《ひょうひょう》と肩など鳴らしながらたたずんでいるだけに見えるのに。今転がっている連中にしても、そこそこ喧嘩《けんか》ではならした奴らで、だからこそ取り囲まれた羽田も苦戦していたというのに。

「そっちこそダメでしょ? こんなさあ、公共の場で乱闘なんかしちゃ。ヒトサマに迷惑かかっちゃうでしょう」

ふいっと現れて、「喧嘩やめようね?」とかなんとか笑いながらあっという間に、右脚だけで片づけた。

「かっ……かけねえようにここでやってんだろ!?」

「充分めーわくデース」

じり、と靴先を向けられて、羽田は咄嗟《とっさ》に身構える。

(やっべ……やられる!?)

「おまえらがそうやって元気いいとねえ、俺たちのお仕事増えちゃうのね？　刑事さんはお休み少ないわけよ、人手も足りてないしさあ」

「知るか税金ドロボー！　公務員は黙って働け！」

「あらひどい。俺だって税金払ってるよん」

また一歩、長い脚を踏みだした男に詰め寄られ、羽田は後じさる。波光の乱反射が隠していたその男の顔立ちが現れ、今までの緊張とは違う意味で羽田は息を飲んだ。

「――あんた」

「んー？」

「ホントに刑事……？」

「……は？　俺？」

ぽかん、と口を開けてしまったのは、おおよそ羽田がいまだ短い半生で、不名誉にも色々関わって来てしまった刑事――警察という組織に所属する人種と、あまりにイメージが違ったからだ。

実際派手な事件に関わるそれらのことなど知らないが、いわゆる少年課に所属しているのは現役を退いたようなオッサン連中か女性が多い。

この区域の少年課担当は村田源二郎《むらたげんじろう》、通称ゲンさんという老齢の刑事だ。

日本一の犯罪件数を誇る神奈川県、そしてそのクソ忙しさのあまりキレた刑事さんたちによって悪名高くなってしまった神奈川県警では、慢性的な人手不足が悩みの種とはゲンさんの談だ。

そのゲンさん、年寄りにはきついと零《こぼ》しつつ、こうした乱闘騒ぎには大抵交通機動隊の連中から数人借りて取り押さえにくるのが常だった。

それでもっていかにも猛者《もさ》、といったその連中は、顔も身体《からだ》も岩みたいな大男ばかりだったのだけれども。

（なんじゃこの、モデルみたいな……）

おおよそ、就いた職業を間違えたのだろうとしか思えないほどに、この長身の若い刑事は顔がよかった。

シルエットからもわかってはいたが、長身でもほっそりとして、持て余し気味の長い手足をスーツに包んだこの男は、どう見ても刑事に見えない。

「なんで疑うかなあ。先週神奈川県警に配属された、立派な刑事さんですよ」

羽田の間抜け面がよほどおかしかったのか、喉奥《のどおく》で笑った男の顔は細面で、つるりとなめらかな肌をしていた。

鼻梁《びりょう》は高く、ほどよく日に焼けた精悍《せいかん》な顔立ちに影を作る睫毛《まつげ》は濃い。切れ長の瞳は髪と同じく漆黒で、その髪型にしても、首筋の辺りでやわらかに跳ねた癖のある髪を無造作に伸ばしている。

美形、とかハンサムという、スタンダードな表現を当てはめるにはやや崩れた造作をしていて、それが大振りで肉厚な唇のせいだと羽田は無意識に観察する。

「刑事課所属の片桐庸《かたぎりよう》でっす。今日は助っ人《すけと》。ほらこれ警察手帳ね」

黒い手帳を開かれ、甘い声を紡ぐやわらかそうな唇にうっかり見入っていたことに気づき羽田ははっとする。

「う……嘘こけっ、そんなアタマしててケーサツやってらんねえだろ！」

一瞬でも見惚《みと》れたことが恥ずかしく、歯を剝《む》いてがなればアタマ関係ないでしょうよと笑われた。

「それ言うならおまえ……」

ふむ、としげしげとこちらを見やった片桐がなにか言いかけた瞬間。

「……っらあああ‼」

「あ⁉　あぶね……っ」

地面にへばりついていたひとりが、転がっていた角材を片手に背後から片桐を襲ってきた。

反射的に、羽田は顔をしかめて目を逸《そ》らす。

「……っう、うー……」

しかし、うめき声と共に、どう、となにかが倒れる音がしておそるおそるうかがえば、やはり先ほどと同じようにたたずみ、あまつさえ涼しい顔で新しい煙草に火をつけている片桐がいた。

「あ……あんた……」

「うん？　なあに？　羽田義経クン」

なにをしたんだ、ともはや青ざめながら問う前に、名前を言い当てられて羽田はさらに驚《きょう》愕《がく》する。

「な、なんで名前……っ」

「だって有名だもん。横浜青嵐《せいらん》高校のツネちゃん？　噂には聞いてたけど、ね」

そしてうろたえる羽田にまた、軽い足取りで近づいて、ひょこりと背を曲げ顔を覗《のぞ》きこんでくる。その距離の近さにも、またわざわざ背を屈《かが》めなければ視線の嚙《か》み合わない身長差にも、羽田は驚き、不愉快になった。

「リーゼントとはまた古式ゆかしい。似合わないねえ？　っつかどうやってセットすんのそれ」

ポマードとかグリースってまだ売ってるの、と邪気のない声で問われたからこそ腹立たしい。

「……うるせえっ！」

「おっと」

あげく、揶揄《やゆ》の響きで自分でも似合わないと知る髪型を指摘され、かっとなって振り上げたのは必殺の左脚だ。

(躱《かわ》したっ⁉)

今まで、羽田のこれを避けられたものなどいなかったのに、と呆然《ぼうぜん》としていれば、ふらっと数歩まろんだようにしか見えなかった男は、余裕の体《てい》で笑っている。

「あぶねーなあ。顔カワイーのに凶暴ってのも本当だね」

「……カワイー言うなっ！」

がるっ、と歯を剝いて見せれば、小粒で可愛らしい八重歯が小さな唇から覗く。にらみ付けた、色素の薄い瞳は大きくくっきりとした二重で、睫《まつげ》毛も長く濃い。首筋の細さも肩幅のなさも、骨の細さがうかがえて、成長期をいい加減越えたはずの少年をいっそいたいけに見せている。

「八重歯。ああ、やっぱ口も小さいんだなあ、顎《あご》もほっそいけど」

「てめーみてえな大口と一緒にすんな！」

羽田最大のコンプレックスでもある美少女顔を、面と向かって指摘するものはまずいない。言えば鉄拳もしくはかかと落としが飛んできて、一週間は軽く不機嫌になる羽田を誰しも持て余すからだ。素直におろせばさらさらの、これも甘い色合いの髪を似合わないリーゼントヘアにしているのも、迫力にかける顔立ちをどうにかしようと思っての苦肉の策だ。

いよいよ頭が茹《ゆ》であがった羽田は、次々と蹴りを繰りだしてみるが、その一つとてかすりもしない。

「くそ、この……っ」

「おやおや」

あぶないね、とけろり笑って片桐は身体を反らし、それでも楽しんでいるようにしか見えなくて、どういうことだと羽田は思う。

「てめっ……ふざっけんな！　逃げるなっつの！」

「逃げなきゃ痛いじゃーん」

あげく、渾身《こんしん》の力を込めた拳《こぶし》もなにもかも、軽いステップでも踏むようにしてすべて避《よ》けられ、面白そうに笑われた。その背後から、聞き慣れたゲンさんのしゃがれ声が聞こえてくる。

「おーい、片桐よ。あんまり遊ぶなー？」

「了ー解、村田さん。そろそろ……」

「んだとォ⁉」

空を切る拳を、やはりそれでもポケットから手を出さないままにふらふら躱していた片桐に、なにが遊ぶだ、と羽田は頭に血が上った。そして、次で決めてやる、と数歩ためて膝《ひざ》を曲げる。

「――終わらせときましょ？」

「んおやろおおおっ！」

助走をつけて、跳んだ。ぶっ殺す、と思い切りその端整な顔めがけて放った羽田の跳び蹴りは、実はふたりばかりを病院送りにしたこともあるシロモノだった。

しかしふっと目を眇めた男は、羽田が滞空した一秒にも満たない時間の中、その姿を消してみせる。

「な……っ⁉」

「──だからさ」

着地点を見失い、バランスを崩した羽田が砂まみれのコンクリートで体勢を整えようとした瞬間、背後からあの低い声が降ってくる。

「よしなさいって、ツネちゃん。無駄だから」

疲れるでしょ、と囁《ささや》くそれには、先ほどまで滲《にじ》んでいた声音の甘さが払拭《ふっしょく》されていた。重く低い声のその迫力にびくりと震えた自分を自覚する間もなく、羽田の視界が反転する。

「──うわーっ⁉」

なんだ、と思ううちに羽田の身体は浮き上がり、ひょいとばかりに片桐の肩に担ぎ上げられていた。

「なっ、な、なにすんだてめっ……！」

「言ったでしょ、オニーサン忙しいの。おとなしくしな」

「ぎゃっ！」

耳元で怒鳴らない、と言い捨てた片桐は、その右肩のあたりでじたばたと跳ねる羽田の細い腿《もも》を押さえつけ、小さな尻を思い切り、ひっぱたいてくれた。

「降ろせばかっ、降ろせよー！」

「だーからうるさいって」

屈辱に抗《あらが》えば、もう一度叩かれる。こんな折檻《せっかん》めいたことをされたのは幼少期のほんのひとときだけだったぞと、十年近く知らなかった「お尻ぺんぺん」に羽田はすっかり涙目になった。

「おう、ツネも形無しだあなあ」

「ゲンさんっ、なにこいつ、なんなの!?」

上半身を逆さ吊りにされるような格好で連行されながら、顔なじみの老刑事に食ってかかれば、さっき言ったじゃないのよと片桐は楽しげに笑う。

「片桐だよ、ちょっと今回、交機が人足りんでなあ。借りてきたわ」

のほほんと「仏のゲンさん」に言われてしまえばどうにも毒気が抜けていく。この穏やかで読めない刑事のことが、羽田は案外嫌いではない。だがしかし。

「借りんな！　っつか降ろせいい加減！」

今回ばかりはゲンさんの借り物を恨むぞと、視界をふさぐ広い背中をせめてもと叩いてみせても、なんの障害にもなりはしないと片桐はすたすた歩いていく。

「とりあえず、転がってでんの回収しないとですねえ」

「おう、もうじき来るだろうさ」

「降ろせ、ばかっ、離せよーっ!!」

羽田の絶叫など聞く耳持たないふたりの会話に混じって、遠くからパトカーの音が聞こえてくる。さすがの羽田も、事態のでかさに青ざめてきた。

「なあ、……あいつら、どうすんだよっ」

必死の声に、羽田を抱えたままの男はふっと笑った。

「どうって？　皆さんまとめて警察でお説教」

その瞳だけが、ひどく冷徹な光を滲ませ、はじめて羽田は本気の恐怖を覚えてしまう。

（じょーだんじゃねえや……）

そうしてぐびりと息を飲んでいるうちに、ものものしい人数の制服警官たちが、こちらに向かって走ってくる。

「失礼いたします、乱闘学生の方は」

「……あっち。てきとーにぶちこんで」

「はっ」

片桐の前に、明らかに彼よりも十は年上だろう制服の男が敬礼をして去っていく。笑いの

Spanking

ない横顔はどこまでも冷たかった。

（なにこいつ……っ）

この得体の知れない片桐という男に倒された連中は、羽田の通う高校と十数年来仲の悪い、近所の私学、蜂谷《はちや》工業高校、通称「ハチコー」の学生たちだ。学区が近いため繁華街やその他でも、なわばり争いになってしまう。

やれあのゲーセンはこっちのシマだの、ナンパを邪魔されただの、カツアゲをしたのされたのと、理由は枚挙に暇《いとま》がない。

「七年前の××先輩がボコられて入院した」

「五年前には大乱闘でアッチの連中だけ逃げやがった」

などと何代にもわたった因縁がまた後輩に伝統として伝わって、それもどこまで信憑性《しんぴょうせい》があるのかわかったものではないのだが、結果的には理由などなんでもいいのだ。

目が合えばいがみ合い、もめるのが既に両校のコミュニケーションというか交流になってしまっているというのが、正しいところだろう。

羽田自身は、そんな伝統に興味もない。ただ血の気《け》が多いのと、たまたま腕が立ってしまったため、あれこれと絡まれるうちに勝手に名が通ってしまった感がある。

この春にはどうにか留年を免れ高校二年にあがり、もう十七にもなった。先日可愛い彼女も出来て、真面目な優等生のその子のためにも、いい加減バカ騒ぎに巻きこまれるのはやめたいところだ。

しかし、徒党を組んでつるむことには辟易《へきえき》しているとはいえ、生来短気でこらえ性のない羽田は向こうさんから絡まれればうっかり受けて立ってしまう。それで勝手に名が上がり、また喧嘩をふっかけられるという悪循環だった。

羽田自身、素行不良と言われても仕方がない程度に夜遊びもするし、女だって知っている。いわゆる悪ガキなのは自覚もしていた。そんな自分たちが決して大人に受けがよくないことも、いやというほど肌身に味わって、だからこそ反抗的な態度がやめられないでいる。

だが、基本的には犯罪に引っかかるような真似をすることだけは、羽田はしてはいないのだ。

それはたとえ、喧嘩ばかりしていたところで、今倒れている連中も一緒のはずだろう。

だが、今羽田の目の前で繰り広げられる光景と来たら。

「……っんだよ、あれっ」

同世代の、見慣れた制服を着た面々が犯罪者のように引っ立てられる光景はやはりショッキングで、羽田は顔を歪《ゆが》めてしまった。

「あれじゃパクられてるみたいじゃんっ」

「みたい、じゃなくてそうなの」

しらっとした片桐の声に、納得行かないと羽田は細い首を振る。

喧嘩やナンパはしても、窃盗や薬物に手を出したり、交通法に引っかかるような真似も実際したことがない。

今までだって、せいぜいがゲンさんの説教と軽い拳骨《げんこつ》で済んでいたはずなのに。

「なんでだよっ、勝手に喧嘩してただけだろ⁉」

不当を訴える羽田に、微《かす》かに片桐は眉《まゆ》をひそめた。そして、担いだままの羽田の尻に、先ほどまでのあれがかなりの手加減をしていたと知れる、きつい張り手をかましてきた。

「――いでーっ！」

「あのな。……騒乱罪っつーもんとかがあるのね世の中。他にも器物破損だのなんだのかんだの、おまえらのやってることとっつったら立派な犯罪なんだよ」

なにをしやがる、とにらもうと思った矢先、怖いような低い声が淡々と言葉を紡いでくる。

「相手に怪我《けが》させれば暴行罪に、下手すりゃ傷害致死」

「なん……」

竦《すく》み上がり、反論の声さえ出なくなった羽田を、そうして片桐はじろりとにらんだ。

「――未成年だからって好き放題出来ると思ってんじゃねえ、バカが！」

「ひっ……！」

びりり、と空気が震え、羽田はただ青ざめる。知らぬまま、かたかたと指先が震えたのは、はじめて身体で知る恐怖によってのことだった。

近年右肩上がりで増加している少年犯罪の件数に、警察も手を焼いているらしいとは、巷《ちまた》の噂で知っていた。そして、そのために取り締まりもかなり強化されていることも。

不良、ヤンキーと言われる暴走族、九〇年代に入ってその勢力を広げたチーマーと呼ばれるグループなど、名称は違えど大人の手を煩わせる手合いであることは変わらない。

（だって……だって）

若さに任せて暴走する彼らなりに仁義はあって、変型学ランにリーゼントという今時流行《はや》らないファッションの羽田は、それでも硬派気取りでいたのだ。

テレビのニュースで見るような、重大な犯罪を犯してしまう連中とは自分は違うと、どこか少しおごってもいたのかもしれない。

それだけに、片桐の怒声は重く響いて、目の前が真っ暗になる。

「……まあ、まあ。片桐。そう怒鳴るな、子供相手に」

震えた唇を嚙みしめたのは、ゲンさんの取りなす声がなければ、その場で泣いてしまったかもしれないからだ。

（こいつ――怖い）

震えはそのまま伝わったのだろう。そっと、担ぎ上げられた数倍のやさしさで身体を降ろされ、悪かったと言うように羽田の小さな頭に片桐の手のひらが置かれる。

「今日は説教だけ。でも親と学校には連絡するよ」

羽田の頭など一摑《ひとつか》みに出来てしまいそうなそれが、もうほつれていた髪をくしゃくしゃとさらに乱したけれど、すっかり毒気を抜かれた羽田は逆らう気力もない。

「叩いて悪かった」

「……離せよ。あんなの叩いた内に入るか」

それでも子供扱いは癪《しゃく》に障って、瞳だけは気丈ににらみ付ければ、その勝ち気な視線にどこかほっとしたように片桐は息をつく。

そうしてあのふざけた笑いを浮かべてみせた。あげくの果てに、にやにやとしながら言い放った言葉はこうだ。

「痛かったろ……可愛いお尻、腫《は》れてない？」

「──て、っめ……！」

反射的に繰りだした蹴りは、見事に長い臑《すね》に決まった。痛い、と悲鳴を上げた男があえてそれを受けたのもわかるだけに腹が立ち、この、ともう一度脚を振り上げたがそれはゲンさんに止められる。

「おーい、その辺にしとけ、ツネよ」

「だって、こいつセクハラ……っ」

「男がケツのひとつやふたつ撫《な》でられて、なんだ」

呆《あき》れたように言われてしまえば二の句も継げず、ぐっと押し黙った羽田の前で臑をさすった男はひょこひょこと歩きだす。

「じゃ、俺はこれで」

「おう、すまんかったな。課長によろしく」

どうやら連行はゲンさん他の仕事になるらしかった。これで、顔を見ないで済むらしいぞとほっとした羽田は見るともなしにその長身を見送っていたが、視線に気づいたようにふっと片桐は振り返る。

(——うわ)

目元がやわらかくなごんで、そうするとずいぶん、甘い顔立ちになるのだと知った。知らずどきりとして、そんな自分にうろたえていれば、またあの軽い声音がろくでもないことを言う。

「リーゼントやめな、ツネちゃん、美人が台無し」

「……っ、美人ってなんだ、ツネちゃんって呼ぶなっ、よけいなお世話だ!」

一瞬で血圧を上げてくれた片桐は、羽田の悪態にげらげらと笑いながら今度こそ去っていく。

「なにあいつ、なにあいつ、なにあいつーっ!」

当たり散らそうにも相手もおらず、ひとしきり思いつく限りバカアホ間抜けとわめき散らしていれば、のほほんとしたゲンさんにまたも腰を折られてしまう。

「おう、ツネ。怒り終わったなら行くぞ？」

「まだ終わってねえよっ！」

いいから来い、と腕を引かれて、不機嫌顔のまま羽田は後に続く。腹の中は煮えくり返り、どうにもやるせない気分でいる。しかし自分よりも背の低いゲンさんにそれをぶつけるわけにも行かず、短気な羽田はただ言葉につまるしかない。

歩くたび、あの男に叩かれた尻がひりひりと痛んで、その前にも散々、同じように連行される連中にも殴られたはずなのにと不思議になる。

叩きつけられた言葉の方がなお痛かったのだと素直に認めるには、自尊心の強さが邪魔をする。

それにも増して、あのきつい瞳に覚えた恐怖に似た感情を、羽田はすっかり持て余していた。


「ちっくしょ、むかつく……」

とっぷりと夜も更けて、同じ高校の仲間たちと帰る道すがらにも、羽田は延々と怒り続けた。

「……ツネちゃん、なあ、俺が呼びだしたから、そんな怒ってんのか……？」

中学から仲のいい、人はいいけれども考えナシの田端《たばた》がおずおずとそう問いかけてきても、ぎとりと大きな分、迫力のある瞳でにらみ付けるしか出来ない。

なにしろ、羽田ははじめて喧嘩で負けたのだ。

片桐とは、喧嘩にもならなかった。尻を子供のように叩かれ、怒鳴られて笑われて、子供扱いが悔しくてたまらず——だがきっと本気を出されてしまえば今頃、歩いていることも出来なかったに違いない。

「お、俺ツネちゃん怒らせちゃった……」

「ばかっ、だから言ったろうが。ツネちゃんツネちゃんって頼ってっから、こうなるんだろ!?」

仲間内では比較的しっかりものの須見《すみ》の声も、羽田にはもう聞こえていない。

「……もー二度と、会いたくねー」

ぼそりと呟《つぶや》けば、背後の田端が「俺!? 俺なの!?」と涙目になっていたが、羽田にはまるで届かなかった。

近くの所轄署にずらりと並べられ、ゲンさんはじめとする警察の方々のお説教をくらいながらも、脳裏からはずっとあの端整な、そのくせ変な色気ばかり漂う笑みが離れなかった。

「……俺はもう二度と喧嘩しないからなっ」

そうすれば問題も起きず、あの男と会うこともあるまいと、きっぱり羽田は宣言する。しかし、仲間ふたりから返ってきたのは呆れたような吐息だった。

「またぁ、ツネちゃん……」

「今年入ってからその宣言、五回目だよ……」

「うるせーっ！」

大体喧嘩好きなくせにと、高校同士のいがみ合い以上にトラブルに巻きこまれる確率の高い友人を、田端と須見は哀れむように見つめた。

「美奈《みな》ちゃんはまあ、その方がいいかもしんねーけど」

「だろっ？　だよな、やっぱ！」

羽田が先月付き合いだした彼女、加藤《かとう》美奈は優等生の帰国子女だ。転校してきてからというもの、その美少女っぷりに一目惚《ひとめぼ》れして追いかけまわし、ようやくＯＫを貰《もら》ったわけなのだが。

「……喧嘩ばっかしてデートもしてないらしいじゃん、ツネちゃんさ」

「うっせえ……」

意気込んで須見の言葉に相槌《あいづち》を打てば、しかしあっという間に叩き落とされ、羽田はがっくり肩を落とす。

「適当に食ってばっかいるから、まともなオツキアイ出来ないんじゃねえの？」

おまけに、中学からの悪ガキぶりをつぶさに見てきた友人たちは容赦がない。

「丈《たけ》ちゃん先輩も、ツネは尻軽いって呆れてたぜ？　その辺、美奈ちゃんにばれっとまずいんじゃねえの？」

「やかましい！　丈ちゃんとなに話してんだおまえはっ」

「面食いだしさあ。そうやって次々乗り換えてっと、しまいにゃ刺されるぜ？」

「う……」

事実なだけに反論も出来ず、羽田はうなって顔を背けた。

須見はもともと、羽田の可愛い顔を利用したともいえる女関係の派手さに関して、友人として窘《たしな》めてきた。丈ちゃん、というのは丈本剛毅《たけもとごうき》という羽田の幼なじみで、高校の先輩でもある。喧嘩の方法から悪いことから教えてくれた兄貴分には、羽田はいまいち頭があがらない。

「――もう、うぜえよおまえら。帰る！」

「あ、あ、ツネちゃんっ」

案外冷静な須見とは違い、明らかに羽田のシンパである田端は、吐き捨てて先を急いだ羽田におろおろとした声を出した。元はと言えば今回の件もこの田端が蜂工《ハチコー》の連中に絡まれて、話がでかくなったのは事実だ。

腹立ち紛れに怒鳴りそうになって、それでも自分がこれほど苛《いら》ついているのは田端のせいではないと知っていたから、それは八つ当たりだと呑みこんだ。

「……ちくしょう。もう絶対」

二度と会いたくない。何度も何度も繰り返しながら、羽田は帰途を急いだ。

実際、もう会うこともなかろうと、たかをくってもいて、それがどこかほっとするような、なんだかがっかりするような相反する気持ちであることに、まだ羽田は気づくことが出来ない。

「片桐、ね……」

はじめての敗北を味わわせた男のことを、むかついていてしばらく忘れられそうにない、と羽田はきつく唇を噛んだ。そうでなければ、このいつまでも脳裏に浮かぶ残像の理由がわからない。

そしてもう二度と会いたくないという、羽田の複雑で切なる思いは、しかしこの二日後に、あっさりと破られてしまうこととなる。


黒い、鳥のようだった。

どこからともなく現れて、ふわふわと捕らえどころがなくて、どこかしら見るものを不安にさせる。

「大ッ嫌いだ……」

呟く羽田は、悪態の数だけあの、片桐の顔を思いだしては反芻《はんすう》していることには自覚がない。

ただ植え付けられた、落ち着かない感情を不愉快なせいだと感じるのが精一杯で、靄《もや》のかかった胸の奥に春霞《はるがすみ》の月のように、曖昧《あいまい》な熱があることにさえ、気づけはしなかった。

◆　五月　◆

そろそろ衣替えもはじまろうかという季節になった。

海沿いの街にも爽やかな風が吹き、散った花の代わりに青々とした若葉が眩《まぶ》しい季節の、ある日の午後だ。

「馬鹿野郎てめえ離せ！　離しやがれ！」

叫びをあげる羽田の、がなってさえも通りのいい声がアーケードに響きわたる。

「ま、いーからいーから、大人しくしてなさいよ」

しかしその悲痛な叫びに対して、返されたのはいかにものほほんとした声。ドナドナされていく羽田は、細身ではあるが立派な男子で、しなやかな筋肉のついた身体は見た目よりも案外重いはずだった。それをいかにもあっさり、ひょいとばかりに肩に担いでいるのは確か――。

「あれ……片桐だろ？」

「なんだよあいつ、また来てんのかよ……」

乱闘を繰り広げていた学ランの少年たちも、傷だらけの口元をぽかんと開けて、毒気を抜かれた表情でいる。取り締まりに現れた少年課の刑事たちに反抗することさえ忘れてしまって、美少女顔のケンカ上等、羽田の哀れな姿を見送るほかない。

あの最悪の出逢《であ》いから、もう二度と会いたくないぞと強く願った羽田の祈りは星に届かず、毎度のようにこうして片桐に連行される日々は続いている。

まあつまり、あれほど誓った言葉も忘れて、もめ事に首を突っこんでいる羽田が悪いわけなのだが——。

素直におとなしく出来ない理由というのも、存在してしまっているのだ。

「……ほんっとに懲りないね」

笑いながら、ゲームセンター内で派手なもめ事をやらかした羽田の前にたたずむ男は、ゆるめたネクタイを指先に引っかけながらにやりと笑う。

その足下にはこれも見事に、累々《るいるい》と転がる羽田の喧嘩相手たちが、うめきながら這《は》い蹲《つくば》っていて。

「また、お尻叩かれたい？」

「ふざっけんな……！」

にらみ付けつつ、悪態と共に振りかぶった拳をやはり避けられた羽田は、その細い手首を捕らえた長い指がしなやかな見た目に反して強いことをもう知っている。

「ツネちゃんに言うこと聞かせるにはどうしたらいいんだかねえ」

「誰がてめえのっ……うわ!?」

あげく、どんなに振りほどこうとしてもびくともしない腕を引かれて、力を込めすぎて震える拳の上にあの、肉厚の唇が触れた。

「なななななにすんだヘンタイ!」

ぎゃあっと喚《わめ》いて闇雲《やみくも》に暴れれば、あっさりとそれはほどかれる。握った拳をもう一つの手で隠すようにした羽田は、自分の頬《ほお》が屈辱とも羞恥《しゅうち》ともつかないものに赤く染まっているのを知った。

「肩は細いし指は細いし、そんなんで拳潰《つぶ》れたらもったいないと思うんだけど」

「なにっ、なにがもったいな……っ」

「顔も好みなんだけどなあ」

んん?　と笑いながらびっくりするほど男前の顔で笑みかけられ、半ばパニックに陥りながらも羽田は喚く。

「お尻もちっちゃくて可愛いんだし、ボンタンなんかはかないで、もっと可愛いかっこすれば?」

あげく卑猥《ひわい》な感じに笑われて、ちっちゃいと称された細腰のサイズを「こんくらいだったかな」と手で確認するように手のひらを窪《くぼ》ませて見せる。

そのサイズを彼がいつ知ったのかと言えば、あの日の尻叩きに間違いはないが、しかし。

「……わきわきさせんなっ、その手!!」

無駄に卑猥なその手つきに、なんだか今実際に尻を揉《も》まれたような感じがして、羽田は思わず自分の両手で小さな尻をガードしてしまった。

「ツ……ツネちゃん、こいつに掘られたの……?」

「掘られるか、ばかっ!」

背後にいて、やはり一番にひっくり返された田端が愕然と呟くのにはがなって否定したけれど、赤い顔が微妙に信憑性を欠く。

そして、そのスキを見逃す片桐では、勿論《もちろん》なく。

「……うぎゃーっ!」

「だっから顔の横で怒鳴るなっつの」

またぞろ肩に担ぎ上げられ、拉致《らち》された。離せ降ろせと喚いても、からからと笑うばかりの男は一向に聞き入れもしない。

「てめえ刑事課なんだろ!? 一課の刑事がなんで毎度毎度、取り締まりなんかやってんだよ!」

「ん？　……趣味、かな？」

「ふっざけんなー！」

じたばたと暴れる羽田はかなり本気で、自分を担ぎ上げた男の背中に蹴りや拳をお見舞いしているのに、一見細身にも見える男はびくともしない。

「うっそだよー。また少年課の手が足りないって言うから借りだされたの」

「素直に強盗でも追っかけろよ！　っていうかあの連中取り締まれよ！　いっぱいいいんじゃんかよ！」

苛立ちもあらわに怒鳴りながら、尻にまわされた手が気になって仕方ない羽田は仲間を名指しで呼びつけるというかなり卑怯《ひきょう》な行動に出た。

あの最悪の出逢い以来、片桐にはしっかり目を付けられてしまった羽田は、実のところ最近まともに喧嘩をしていない。盛り上がり、すわ、という段階で毎回のように現れる片桐にひとり引きずられて輪の中から連れだされてしまうのだ。

「やだよぉ、だってあいつらムサイんだもん」

へらへらと笑って、けれど有無を言わせない力でさらわれてしまう。勿論死ぬほど抵抗するのに、やはり片桐には、羽田の凶器のような拳はかすりもしない。

「……それは否定しない……じゃ、なくて！　なんでいっつも俺ばっか……っ！」

素人《しろうと》と玄人《くろうと》の差を見せられるようで屈辱的で、羽田の青いプライドはいつもズタズタだ。

おまけに、突っかかれば突っかかるほどに楽しそうに笑われて、毒気が段々抜けていく。

「だってツネちゃん可愛いから」

「だっ……どこが！　っていうかそれやめろいい加減！」

そのまま、入れ替わりにどやどやと現れた毎度の制服警官に挨拶《あいさつ》をして、平然と片桐は店外に出てしまう。

「なんなんだよ、なんなんだてめえっ、クソ片桐、降ろせーっ！」

アーケード街の客たちには、当然驚愕と笑いのこもった目で見つめられ、羽田は恥ずかしくて死にたくなる。

「……もお、なんなんだよぉ……」

勘弁してくれ、と周囲を見るのが恐ろしく、片桐のジャケットに顔を埋《うず》めればくすりと笑った男はとんでもない言葉を告げた。

「ほっそい腰だな相変わらず……ちゃんと食ってるか？」

「なあっ⁉　いちいちスケベったらしいこと言うなっ！」

ツネちゃん言うな、もういい加減降ろせ、とわめき疲れた羽田がようやく解放されるのは、乱闘の起きたアーケードからは遠く離れた駐車場である。

ふわりと、抱え上げられた時と同じほどのやさしさで地に降ろされて、その腕の強さを認めるより先に、羽田はファイティングポーズを取る。

「おっかないなあ」

「つうかなんでいっつも俺だけっ……」

「いやあ……なんでだと思う？」

結構な距離を歩いてきたというのに息ひとつ乱さないままの片桐は、ゆったりと笑いながら羽田の顎をすくい上げる。

「なあ、ツネちゃん。なんでだろうな？」

反射的に怯《おび》えて上目遣いになれば、おや、と面白そうにまた眉を跳ね上げ、そんな些細《ささい》な表情でさえもさまになるから腹立たしい。

きつく睨《ね》め付ける視線にも、まるで臆《おく》さない。「横浜青嵐の羽田義経」と言えば、もはや横浜でも横須賀でも震え上がらないものはないのに——この男には、そんなネームバリューなど何一つ通じない。

体格には身長で十五センチは差があるとはいえ、まるでスキだらけに見えるのに、殴りかかった拳はするりと躱されて、ひどく爽やかな笑顔を向けられる。

「リーゼント、やめればいいのに」

「ざっけんなっ！」

出会い頭から言われ続けている台詞《せりふ》に繰りだした拳も空を切り、手首を、恐ろしく強い力で捕らえられる。

「離せよ……っ」

「ケンカよそうよ、せっかくきれいな顔してるのに」

ねえ、と子犬みたいな瞳で覗きこまれ、羽田は喉の奥でうなった。そして、至近距離に近づいた男の顔にほんのわずか、怯《ひる》んだ気配を滲ませてしまう。

「きっ……きれいなわけ、あるか！」

「鏡、見たことないの？」

そしてこの男が苦手な理由はもうひとつ。誰にも言えない、知られたら死んでしまいたいほどの——秘密だ。

「……離せ」

思わず声が震えて、そんな自分がいやになる。ふっと笑んだ男は、普段の軽さを脱ぎ去ったような色めいた表情で吐息を近づけた。

「いやだね」

この声。一体なんだ、と羽田は唇を嚙んだ。低く、ほんの僅《わず》かくぐもった片桐の声音は、奇妙な波を身体の中に起こす。

「……美奈ちゃんとは別れた？」

付き合って間もない彼女の名前まで、知られている。それどころか、もうこの唇の温度まででも、とっくに教えてしまった。

「別れるかよ！　必死で落としたんだから……！」

不可抗力で、不意打ちをくらったから、そう胸の裡《うち》で呟くのがどこかいいわけめいて、側近く吐息のかかりそうな肉厚の唇を意識してしまう自分が許せない。

精一杯の声で怒鳴ってみせたのに、片桐は「ふうん」と鼻で笑った。

「じゃ、俺はもっと必死にならないとねえ」

「ならんでいいっ！」

「……あら、目的語もないのに察してくれたわけ？」

あはは、と笑いながらのツッコミに、羽田はううっとうなって、そのスキをついたように重なってくる唇はあたたかかった。

「うっ……」

どうして、と思いながらも全身の力が抜けて、探られる動きに蕩《とろ》けそうになる。

こんな自分はイヤだ、嫌いだと思うのに、どんどん流されそうになる。

「場数は踏んでそうだけど、所詮《しょせん》はコドモ相手だろう？」

「んう……」

耳を噛みながら、吐息混じりに「もっと気持ちいい思い、したくない？」などと、囁かれ。

「――だ、れが、するかっ！」

膝を笑わせながらようやく、みぞおちに一発だけ入れられたのは僥倖《ぎょうこう》だ。

ひっくり返った片桐を後目《しりめ》に、羽田は必死で駆けだした。心臓の動悸《どうき》も、火照《ほて》る頬も、走っているせいだと、なぜだか必死に胸の裡で呟いて。

「……かっわいい」

背後に聞こえた、楽しそうな声など、聞こえないと耳をふさいだ。

（ちくしょう……っ）

なぜこういつも、やすやすと奪われてしまうのだろう。

春先以来狂いっぱなしの調子が戻らず、ごしごしと必死で唇をこする。赤く腫れて痛んで、じんじんと疼《うず》く感覚でさえもあの、毒のような感触を消してくれない。

（もうなんなんだよ、あんなキスしやがって……っ）

顔だけでも相当に遊んでいたと知れるあの片桐が、一体こんな頭の悪いヤンキーにどうして目を付けたのか、羽田にはさっぱりわからない。

ただ実際、出会って以来これまで羽田の顔を見るたびに、口説きというかセクハラというか、そうしたことが途切れないのは事実で、仲間内でもすっかり逸脱したコミュニケーションは有名になってしまっている。

問題なのは、単なるからかいと言い切るには、事態があまりにまずい方向に向かっている気がすることだ。

片桐がこうした、洒落《しゃれ》にならないことを仕掛けてくるのは大抵ふたりきりになった時だけ

で、それがなんというのか——微妙に本気の匂いを漂わせるから羽田は甚《はなは》だ混乱してしまう。

それは、片桐と出会ってまだ一週間と経《た》たない頃だ。

とにかく行く先々であの男に出くわすようになった時期で、軽薄な面が気にくわないと、羽田は気炎を上げていたものだったが、美奈とのデートで赴いた遊園地の帰り、またも出くわした男に苛立ちはピークとなった。

美奈にちょっと待っていてと言い置いて、片桐の腕を引いて人気《ひとけ》のない場所に連れだし、いい加減にしろと羽田は怒鳴った。

「アンタなんのつもりだよ、俺は別にここんとこ警察に迷惑かけてねえし、大体少年課じゃねえじゃんか！」

「なんのつもりって、なに？」

「なんで俺につきまとうんだっつってんだよっ！　デートの邪魔すんな！」

そりゃ言いがかりだ、偶然だものと片桐は笑って、羽田の怒声を鼻先であしらった。

「偶然にしちゃ多すぎじゃねえか！」

「しょうがねーだろ、そっちが俺の管轄内でふらふらしてんだもん」

地取り捜査に少年課の手伝いと、横浜中を歩きまわる刑事には確かに遭遇してもおかしくはないかと、羽田は一瞬押し黙った。

「ツネちゃんそういうカッコのが似合うんじゃないの？」

美奈にあわせてカジュアルな服装をした羽田を、上から下までしげしげと眺めた男は独り合点したようにうんうん、と頷《うなず》いていた。

「俺もそっちの方がいいなあ、可愛いし」

先ほどは暗に自意識過剰と言われた気がしたが、顔を見るたび可愛いだのきれいだの、冗談のような浮ついた台詞ばかり連ねるせいだろうと言ってやりたくもなった。

「だっ……誰もアンタの意見なんか聞いてねって！」

「……その内聞きたくなるんじゃない？」

バカか、と吐き捨てた羽田の背けた細い顎に長い指がかけられ、くい、と目線を合わされた、その力がひどく怖かったことを覚えている。

「……なんだよ……っ」

ふざけた口調をふつりとやめ、ツネ、と囁く声が恐ろしく低く蠱惑《こわく》的で、春先の薄着のせいだけでなく、胸が震えて仕方なかった。

「クリーム、ついてる」

親指の腹で、口元に少し残ったソフトクリームの残りをかすられて、その艶《なま》めかしい触れ方にどうして、背中が震えたのかわからなかった。

「甘そうだな……」

残照が赤く情景を染め上げる遊園地の敷地内の公園で、目を見開いて、薄く開いたまま震える唇に、しっとりとした片桐のそれが重ねられたその時。

はじめて羽田は、笑わない、怒らない、けれどどこか怖いような、表現のしようのない、そんな片桐を見たのだった。


その場では、殴りつけて逃げ切った。突き飛ばして、気持ち悪いと叫んだ。

——どうしたの？ 義経くん……。

剣呑《けんのん》な雰囲気に心配顔の美奈は、走ってきた羽田にひどく驚いたけれど、問いに答えられるはずもなかった。

彼氏に抱きしめられたことより、泣きそうな顔の羽田に驚く美奈を抱きしめて——抱きついて、なぜかは知れない切なさに泣いてしまいそうな自分をあの日、堪《こら》えていたというのに。

次に会った時にはまるで、そんなことなど知らぬげに、飄々と笑うからからかわれたのだと思った。悔しくて腹立たしくて、もう二度と近づかないとまた無駄な誓いを立てるのに、会うたびに、あの悪い男は甘いような声で囁いてくる。

——せっかくきれいな顔してるのに。

生傷の絶えない頬を、自分こそずいぶんきれいな顔でのぞきこみ、しなやかな指でそっと撫でてくる。

「なに、考えてんだ……？」

あんなのは、羽田は知らない。いつもふざけた顔をしているのに、笑ってからかっているくせに、誰もいない空間に羽田を連れだし、怖いような熱と視線で搦《から》め捕《と》ってくるのだ。

俺は男だと喚いて、それがどうしたと鼻で笑われ、逃げてももがいても長い腕はあっさりこの未発達な肩を抱きしめてくる。

匂いも覚えた。銘柄は知らないけれども、片桐に似合いの少し甘いような辛いようなコロンと、煙草の混じった不思議な匂い。

わけのわからない後ろめたさから、美奈ともあれっきりろくにデートもしていない。あげくいつまでも理由の見えない苛立ちが募るから、片っ端から売られた喧嘩は買いまくって、そのたび片桐におもちゃにされる。

「……俺も、なに考えてんだよ……」

これじゃあまるで、かまってほしくて駄々を捏《こ》ねる子供のようだと、少しは自覚もしているけれど、唇を奪われるたびに深くなる舌の入り方も、その時だけは黙って羽田の抵抗を受け入れる片桐のことも、なにもかもわからなくなる。

嫌いなのに、顔も見たくないのに。

これ以上関われば、大事ななにかを奪われてしまうと、本能で察しているはずなのに。

「逃げるもんか……」

それでも、こちらから背中を向けるような真似は、負けるようでどうしても出来ない。

「いつか絶対、あのすました顔ぐっちゃぐちゃにしてやるっ！」

夕日に叫んだ羽田はそして、この数ヶ月後たしかに、望みを叶《かな》えることとなる。

しかしそれは、彼の望んだ形ではなく、またそのことに対してのあまりに多大なリスクと、現状の比ではない狂おしいような物思いとが同時にセットになってくるわけだが、羽田にわかる由もない。

負けん気の強い少年が、人生最大の強敵に対する最大の武器が、自分の泣き顔ということに気づくのは、もう少し先の話になる。

決壊、あるいは始まり

頬《ほお》が熱かった。

貧血を起こしたかのように薄暗かった視界が徐々に明るくなり、安っぽいホテルの天井と黄ばんだライトが見えたかと思うと、またふらりと曇って揺らぐ。

熱を持った頬へなにかが流れていく感触の後、クリアになる天井に、羽田義経《はねだよしつね》は自分が目を見開いたまま泣いているのだとそうして気づいた。

「……っ」

小さな咳《せき》が出て、肩がひどく寒いと思う。腹の上に飛び散ったぬめる液体は温度を失い、冷たく凝《しこ》っていく。

だだっ広いベッドの上に全裸で、手も脚も投げだしたままただ呆然《ぼうぜん》と横たわる羽田の足下、かちりと小さな音がした。程なく漂ったのはオイルの焼ける匂いときつい煙草の香りで、白く濁った煙が視界をかすめた瞬間、ひくりと喉《のど》が震える。

「……まだ泣いてんの？」

怠《だる》そうに低い声の主は呟《つぶや》き、広い背中越しに振り返って羽田を眺めやる。その鎖骨の下に見えた生々しい爪痕《つめあと》に、羽田の嗚咽《おえつ》はひどくなった。

「なに……」

喉に絡んだ声が苦しくて、濡《ぬ》れたままの腹部を震わせながら羽田は言った。

「なに……したんだよ……」

「うん？」

下肢の奥が痺《しび》れて熱い。濡れている。かきまわされてどろどろになったそこに、この憎たらしい男の腰を確かに挟みこんでいた。

今は涙に霞《かす》む天井が、激しく揺れていたのはあの焼けた色の肩越しで。

「なにしたんだよっ……アンタ、俺に……なに……っ」

突き上げられて、振りまわされて。乱れて、壊されて、あんなのは。

あんなのは、——セックスじゃない。

殺されるかと思った。気の狂うような、熱に焼かれそうなあんな凄《すさ》まじさは、羽田の知らない行為だった。

「なに……したんだよぉ……」

泣きじゃくった声に、そして紫煙をくゆらせた男は答えなかった。

ただ黙ってその長い腕を伸ばして背中をすくいあげ、宥《なだ》めるようにこめかみに口づけてくる。

「や……も、やだ……」

ひくひくと子供のようにしゃくり上げたそれが、どうしようもなく甘えている。

「もうしないって」

「うそ……や、……んう……」

あやす声にかぶりを振れば、本当だと言いながら淫《みだ》らな口づけが降りてくる。

「……や？」

「ん、んっんっ！　……や、ら、んう……っ」

抗《あらが》おうにも力が入らなくて、ぐったりとした腰を抱かれても逃げられない。それなのに、声音は溶けて濡れて、動かないはずの腕は広い背中にまわされる。

「ホントにやだった？」

意地の悪い声で訊《たず》ねられ、にらみたいのにそれもできない。触れた肌の熱さに、髪を撫《な》でる指の感触に、甘ったれてしまいたい自分がいる。

「あ……も、……も……お……」

いやだ、と言ったつもりの言葉は艶《なま》めかしい舌に吸い取られて、その内にそれすらも、喘《あえ》いだ吐息にかき消された。

＊　＊　＊

梅雨《つゆ》に入れば、気分さえもブルーになるのは誰しも同じことだろうか。

六月にまだ入ったばかりのことだ。雨足の強い、台風も近づいたある夜に、羽田はこの世の終わりのような顔をして、片桐庸《かたぎりよう》の前に立っていた。

「そんなに、硬くならなくてもいいんじゃないの？」

「うっせえ……早く済ませろよ！」

吐息した男はうっそりとベッドから立ち上がり、本気かねえ、と呟いてくる。

「俺、あんまりおきれいな性格じゃないのよ？」

「知って……知ってっよ、だからこんなこ……っ」

耳元に声が近づき、嗅《か》ぎ慣れた匂いがふわりと自分を包みこむ。喉が渇いて、生唾《なまつば》を飲みこむたびにじんじんとこめかみが痛くなった。

「……そんなに助けたいの」

最後通牒《つうちょう》とでもいうように問うその声は淡々として、自分から言いだしたくせになんだと羽田は思った。

「それが、じょーけん、なんだろっ!?」

がたがたと震える声が情けなく、それでももう引っこみをつけることもできない。

「……おばかさんだねえ……」

呟きはどこか哀れみを帯びて、羽田はよけい、いたたまれなかった。

仲間のひとりが、窃盗で捕まってしまった。

特に仲のいい田端《たばた》や須見《すみ》は基本的にはその種のことには手を出さないし、兄貴分である丈《たけ》本《もと》もそして羽田もそうだった。

むろん、いたずら混じりの自転車やバイクの「無断借り受け」の類《たぐい》はやったこともあったけれど、それはなんというのか——スリルの強い遊びのようなものだったし、自分らのものにして売りさばくような真似はせず、遊び終わった後には元に（それが場所的には元の位置ではなかったとしても）戻してはおいた。

勿論《もちろん》、誰かに見咎《みとが》められたり、傷つけるようなことがあってはいけない。あくまで「誰にも見つからないこと」がこのゲームのルールでもあるし、見つかっても逃げ足の速さを競うのがせいぜいで、決して逆ギレしたり、誰かに被害を与えたりしてはいけないのだ。

けれど今回の事件は、そんな「行きすぎたいたずら」の類で済まされるものではなかった。田端の後輩である水野《みずの》は、実際中学の時辺りからあまり仲間内でも認められない行為を繰り返すことが多く、丈本にはしょっちゅう諌《いさ》められていた。

——言って聞く相手じゃねえぞ、ツネ。

もう見捨ててしまえと、何度も何度も注意されて、それでも邪気のない、ちょっとバカっぽい顔で笑いかけられれば、情の深い羽田にはその水野を振りきることはできなかったのだ。

そして今回。水野がやらかしたのはいわゆる、オヤジ狩りと言われる類のものだった。公園で休憩していた中年のサラリーマンを殴りつけて脅し、金銭を巻き上げた。

しかも多数で囲み、水野自身は手を下さずに、後輩たちに命じてボコらせたのだと聞いた時には、羽田は我が耳を疑った。けれど、丈本や須見、田端らはそれを「ああ、やはり」といった諦《あきら》め顔で受け入れていて、それがなおのことショックだったのだ。

──絶対、あいつそんなんじゃねえよ！

周囲の制止を振り切って駆けこんだ先は──あの男のいる場所だった。

──ほんとに、なんか魔が差したんだ、だからっ。

出来心だから見逃してくれと羽田がせがみ、そうして行われている取引は、どう考えても自分に分が悪かった。

──……見返りはなに？

普段の軽さを払拭《ふっしょく》したように、ひどく悪い顔で片桐は笑って、金もない羽田はなんでも一つだけ言うことを聞くと言ってしまった。

なんだかんだ言ってこの男は自分に甘かったし、窮地を助けられたことだってある。いつだって上手に、ふざけながら笑いながら、騒ぎの場からそっと羽田を引き剝《は》がして。

羽田を怒らせたふりで、逃がしてくれていたのはもう、とっくにわかっていたことだ。それがなぜなのかとか、理由ははっきりわからない。

ただ、そんなことをするには片桐自身結構なリスクを負ってのことではないのかと気づいたのは最近だ。

じゃれるように、からかうように触れてきて、唇を奪っては去っていく男の行動に目眩《めくら》ましされて、自分自身の立場や、片桐のそれに思いを馳《は》せるまでに、随分な時間がかかってしまった。

そしてこの時もまだ、羽田はたかをくくっていたのだろう。理由もわかっていないくせに、ただ本能的にこの男は自分に甘いはずだと、確信もない思いこみが浅はかだったと知るのはその数秒後のことだ。

――ツネちゃんね……大人、舐《な》めてんじゃないの？

困ったように苦笑しながら、じゃあ一つだけと言った片桐に、またてっきり唇でも奪われるのかと覚悟して――なんだかそれに慣れてしまっていた自分に少し、臍《ほぞ》を噛《か》んでももう遅かった。

――じゃ、ちょっとだけ触らせて。

胸の上の指を今にも突き放したいのに、奥歯を噛んで堪《こら》えるのは、友人のためと言うより自分に対しての意地でしかない。

――見ないよ。ちょっとだけ。

あくまで軽く言い放った彼の瞳《ひとみ》に、なにが宿っているのか、知らないわけでもなかったくせに。

（……なにやってんだろ、俺）

さらさらと、遠くで波の上に降り注ぐ雨が、意識をふっと途切れさせる。

片桐の指は長く、器用で、羽田のシャツのボタンなど易々と外してしまう。それはそのまま中に着こんだTシャツをたぐり上げ、ひどく艶めかしい動作で裸の胸へと触れてきた。

海沿いのホテルとはまた冗談のようなシチュエーションだと、そんな白けた自分を装うのに精一杯で、いつものように悪態をつくことも出来はしない。

「案外強情だね」

くっと奥の歯を噛みしめて、背後から入り込んでいるその手のひらの感触と、うなじをくすぐる舌に耐える羽田に、片桐の笑み含んだ声が聞こえた。

冗談で済まされなくなった接触に、さっさとしやがれと悪態をつけば、色気のない、とまた笑われる。

「だからそんなもんねーっつってんだろっ！」

手慣れた感じの愛撫《あいぶ》は的確で、羽田も清い身体《からだ》ではないから、余計に片桐の長く整った指の、たちの悪さがわかってしまう。

「……へえ」

「なんだよ……ッ」

いつものように冗談めかして、軽い睦言《むつごと》でも囁《ささや》いてくればいいものを、奇妙な熱っぽさで肌を撫でるだけの男がどんどん怖くなる。

「……っ」

背後から自分を抱いて、はだけた服に差しこんだ手のひらは、信じられないことに尖《とが》りはじめた左の胸の上をごく軽く、それでも明らかな淫らさで撫でている。ただそれだけ。口づけることも今日はしないで、おなじ場所だけそっと、やさしく。

「……うなじ、きれいだよね」

「サムいこと言うなっ！」

「本気なのになあ……」

クク、と喉奥で笑う声がひどく、艶めいて聞こえるのはこの指先のせいだろう。どっちにしたってこの男は悪い。刑事のくせに、学生の自分を妙な場所に連れこんでこんなことして、インコーザイとやらで捕まったらどうするつもりだ。

「へえ、心配してくれるんだ」

悪態に、しかし長い腕で腰を抱く男は嬉しそうに言う。

「してねえ……！」

調子が狂う。眩暈《めまい》がする。どんどんペースが乱されて、罠《わな》にはまって抜けられなくなる。

「も……いいだろ！」

跳ね上がる鼓動の上を手のひらで直《じか》に確かめられ、どうしていいのかわからなくなる。こんなのはいやだ、そう思うのに、ただゆるく肌を撫でるだけの腕を払えない。

約束で、取引だからで、それは決して——背中を包んだ腕がやさしいせいじゃない。

「……止めようとしたんだって？」

囁くような声に、びくんと身体が強《こわ》ばった。気づけば片桐の腕はとっくに、猥《みだ》りがわしい接触をやめていて、耳元に聞こえるのは苦笑混じりのやさしい響き。

「オヤジ狩りなんかしたって、いいことないもんねえ、ツネちゃん……」

「——うるせえ」

髪を乱すようにかきまわされ、なんだかいいこいいこされてるようなそれに、安堵《あんど》なんか覚えたりしない。

「友達だもんな、信じてたんだろ」

「わかったようなこと、言うな！」

傷ついている自分なんか絶対に、慰めさせたりしない。

「クスリもやってたよ、やめさせようとしてたのにね」

「うる……さい……！」

はいはい、と笑う片桐は、やめていた愛撫を再開する。

「……いやがって」

容赦のない動き、長い脚に膝《ひざ》を割られて、ベルトに手がかかるのを、曇った視界が見ないようにする。

「な……に」

「変態って怒りな。そんで、泣いてみせなよ」

「――て、め、……！」

男の指になんか触れられるのははじめてなのに、どうしてこんなに熱くなるんだろう。

「あ、やっぱ若いなあ」

笑われて、うるさいと、歪《ゆが》んで潤んだ声が、どうしてか甘えているとわかってしまって、俯《うつむ》いた自分の視界に水滴が落ちていく。

「……気持ちいいから泣くってのもまあ、ありかな」

「……う……くっ」

そして、宥めるみたいにこめかみに、唇を落として指であやされる。

背中を預けた胸は広くてあたたかくて、それなのに指先はどこまでも淫らで、顔も手のひらにいじられるものも濡れていく。

「やんねえって言ったんだ……っ」

「……うん」

「俺には嘘つかねえって言ったのにっ……！」

甘ったれた泣き声に、片桐はうん、とまた言って、胸にまわされた腕にきゅっとしがみつく羽田を笑いはしなかった。

ただ。

「……こっち向きな」

知らない声に、低くて深いそれに、促されて振り向いた羽田に、ひどいほどやさしく口づけた。

「変わるなよ」

涙をそのまま唇で全部受け止めて、何度も。

「傷ついても、変わるなよ」

「……ん、あ……！」

ぬるい熱を与えながら、取引しようと言ったくせに、なにひとつ奪おうとはしないまま。

「……そのままでいろ……」

羽田の胸の奥に、知らずにいた快楽と、ひどく甘い惑乱だけを植え付けて。

後日、水野は結果的に実行犯ではなかったということで、釈放はされたようだった。しかしその足でまたバイクの窃盗を行い、現行犯でしかも止めようとした相手を殴りつけ、怪我《けが》までさせたらしかった。

羽田の落ちこみようは並々ならないものだったが、その真意について誰もが言及を避けた。

「ツネが気に病むこっちゃねえ。――でも、言ったろう？　愛想がいいばっかでもどうしょうもねえってのはいるんだ」

皆してかける言葉を失っていた中、丈本だけは、そうやって背中を叩いてきたけれど、その丈本さえも、羽田の鬱屈《うっくつ》の理由を知らない。

（……あんなことまで、させたのに）

誰に頼まれたわけでもなかったし、厳密に言えばあんな取引、羽田自身でも有効だとは思っていなかった、それなのに。

――ごめんな。……もう、無理だよ。

町中ですれ違いざま、いつものようにからかいもせず、羽田にだけ囁いてきた片桐の言葉が耳の奥でいつまでもこだまする。

まともに顔を見ることなどできなかった。あんな馬鹿な条件を片桐が切りだしたのは、絶対に羽田が飲めるわけがないと、そう踏んだ上でのことだったと、本当は最初から知っていたのだ。

その証拠にぐずぐずと、いつまでも触れてこようとしなかった。

(当たり前じゃんか……)

見目のいい、社会的にもきちんとした大人の男である片桐が、本気でこんなヤンキーのガキに手を出す理由などどこにもない。実際、触れるだけ触れて羽田を解放した後、泣き疲れて眠るまでただあやすような抱擁を施しただけのことだった。

取引材料にもなりはしない。それなのにあの男はちゃんと約束を守って、水野を帰した。ゲンさんにも「なんの気まぐれだ」と苦々しく愚痴られて、羽田はもうずっと身の置き場がない。

「……なに、考えてんだよ……」

あんな約束、反故《ほご》にしてかまわないものなのだ。なんの効力もないし、羽田自身自分にそれほどの価値があるなんて毛ほども思ってはいない。

それなのに、再び水野が捕まって。仲間内でさえもそれ見たことかという顔をする中で、ひとりだけ、たったひとりだけ、羽田のことを許していたのはあの男だ。

「わかんね、もう……」

ごめん、なんて言われたくなかった。怒られた方がまだましだった。最初に会ったときのように、ちゃんと叱《しか》ってほしいとさえ思うほど、哀れみに満ちた視線は痛すぎた。

「今日はどうすんの、ツネちゃん……」

田端がおずおずと、このところ鬱《ふさ》ぎきっている羽田の顔をうかがってくる。ぼんやりと力ない視線でそれを見返した後に、片桐の声がふと浮かんできた。

──しばらくは、おとなしくしとけよ。──今回の件で、ワカゾーの取り締まりは厳しくなるから。

水野が再度捕まったことで、一旦《いったん》釈放した警察側への突き上げは厳しいものになったらしい。だからこその忠告で、本音はそれにしたがった方がいいことなどわかりきっている。

「──うん、久しぶりだし、本牧の方でも行くか？」

しかし、羽田の口から出たのはそんな心情とは裏腹のもので、明るい笑みさえ浮かぶ自分が不思議になった。

「お、んじゃあ須見にも言ってくる！」

「おう」

なにも知らない田端の笑顔に、どうしてか鬱々《うつうつ》とした気分は増して、羽田は誰もいなくなった後の教室で、ひとり重い吐息を零《こぼ》す。

「どーにでもなれ、だ……」

そしていっそ、言うことを聞きもしない自分のことを、あの男が愛想づかししてくれないかと強く思う。

そうでもなければ。

浅はかな水野を信じ切れていないくせに、片桐への意地だけで信じようとふるまったことも、それを全部知っていながら許したあの男のことも、そして。

広い胸に、どうしようもない安堵を覚えたあの時間をも、許すことが出来そうになかった。

＊　　＊　　＊

深夜に及ぶ本牧での乱闘騒ぎに、駆けつけた少年課の刑事たちに混じって、あの背の高い男も現れた。

「オラお前ら大人しくしろっ！」

「バカどもが、真面目に勉強せんか！」

がなり立てる刑事たちと抗う仲間を後目《しりめ》に駆けだそうとした羽田の腕を捕らえたのは、長くしなやかな指だった。

「なんでこんな場所までのこのこ出てきた⁉」

どうしてここにいるんだ、という苦々しげな表情を真っ直《ます》ぐには見つめられず、いつもの勝ち気さはなりを潜め、羽田はいつでもにらみ付けていた視線を逃げるように外した。

このところ水野の件で近隣の学生たちは戦々恐々とし、蜂谷《はちや》工業の面々は「青嵐《せいらん》のバカのせいで取り締まりが厳しい」と殺気立っていたのは周知の事実だ。

そこに、青嵐高校の代表格と――羽田自身は不本意でも――言われている自分が、蜂谷のテリトリーである本牧に顔を出せばどうなるかということくらいわかっていたことだ。

「しばらくは家で大人しくしてろって俺は言っただろう」

「し……知るかよっ」

その視界から去ろうとする羽田を不愉快そうに片桐は捕まえた。

「今回は本当にやばいんだって言わなかったか？　見逃すったって限界があるんだ」

「うっせえなあっ、アンタ大体少年課じゃねえんだから、いつまでもこんなとこにでしゃばるなよっ！」

「おい……？」

逃げ腰になっているのは自分でもわかっていた。だがもやもやとした感情は、その理由を見つけられず、はっきりしないそれがなおのこと、怖いもの知らずの羽田を怯《おび》えさせる。

(――怖い)

真正面から見据えたとき、この男が本当に呆《あき》れ、蔑《さげす》むような顔をしていたらと思えば身が凍りそうで、強引に腕を振りほどくこともできない。

(なんで……？)

理由のわからない怯えが、今まで口にした憎まれ口をいっそう可愛げなく、尖りきったものにしていることがわかっていても、もう止まらない。

「俺がなんだって、アンタには関係、ねーだろっ！　いちいちいちいち口出すな、むかつくんだよ！」

「……ツネ？」

「いいじゃん、好きなようにしたんじゃんこの間っ、あれで気が済んだだろ、まだ足りねーのかよっ！」

言い放った瞬間、青ざめた片桐の横顔が見えて、羽田は息が苦しくなった。

（違う……）

こんなことが言いたかったわけじゃない、責められるのは片桐ではない。そんなことなどわかっているくせに、自分はなにを。

「——ああ、そう」

胸元を喘がせて、違うんだと言うつもりの羽田の声を奪ったのは、表情のない片桐の声だった。はじめて聞くような、凍えるようなその声音に、しかし彼がひどく——本気で、立腹したようなのは知れた。

「……あ、……お、れ……」

「あれで満足、ねえ。……面白い話だな、ツネちゃん」

両手首を捕らえられ、それでも強情に目を合わせない羽田に、笑い混じりの、それでいて不機嫌な声を片桐は出した。

「ちょっとこっち来い」

「離せって……離せよ！」

有無を言わさぬ力で引きずられても、刑事も学生も大乱闘の混戦状態では、誰一人気づくものもない。どんどん人気《ひとけ》のない方向へ向かう片桐の腕は、本気で抗う羽田の力など意にも介していないようだった。

「な……なんだよ……っ」

我ながら情けないような声が出て、そんな自分がいやだと羽田は思う。

出会い頭からふざけたことばかり言ってくる刑事のことが脳裏から離れなくて、そんな自分がおかしいことくらい、もう羽田は知っていたのだ。

義経くん最近元気ないね、やさしくて可愛い彼女にもそんなことを言われて、上手《うま》く笑えないまま近頃、側にいるのがつらくなっている。

——……変わるなよ。

甘く可愛い美奈の声よりも、耳朶《じだ》を噛んで囁かれた低くくぐもったあの言葉が、やさしすぎた酷な愛撫があの日から、ずっと身体の奥に留《とど》まっている。

——傷ついても、変わるなよ。

夜になれば、制服の下でふんわり膨らんだ、まだ触れたことのない丸い乳房より、肩を抱いてきた長い腕や、背中を預けた硬い胸が甦《よみがえ》って、長く強い指で引きだされた切ない熱が思い起こされて苦しくて、眠れないことが多くなった。

はじめて唇を奪われた時、殴って逃げだしたりなんてどうして出来たのだろう。捕らわれている手首が震えないように力を込めるのが精一杯で、一体いつからこんなに、この男が怖くなってしまったのだろうと思う。

(怒って、くれればいいのに……っ)

広い背中は、振り向かないままどこまでも羽田を連れていく。なぜ、なにも言ってくれないことがこんなに怖いのだろう。そしてなぜ怒ったような冷たい視線がこんなに胸に響くのだろうと、混乱するまま逃れられず、羽田は導かれていく。

「乗れ」

車に押しこめられ、抗うことを許さない冷たい目で見据えられて、みぞおちの辺りがひやりと竦《すく》んだ後に知らない痛みが胸を刺した。

「シートベルトつけろ」

どこに行くんだとか、なんのつもりだとかそんな台詞さえ口に出せず、微《かす》かに震える手でベルトをロックした。

火を点《つ》けないままの煙草をくわえた片桐は、無言のまま車を走らせ、羽田の方へ一瞥《いちべつ》もくれはしない。ラインのかっきりした横顔は、表情をなくせばひどく冷たくて、ふざけた笑みに誤魔化《ごまか》されていた印象を一変させる。

このまま、連行されて取り調べでも受けるのだろうか。もういい加減呆れて、かばう気にもならないかもしれない。それならもう、その方がいいのだと心の内でうそぶきつつ、胸を圧迫するシートベルトを握りしめた。

「……おまえさ」

その瞬間、今まで知らなかったような平坦《へいたん》な声が片桐の煙草をくわえた口元から発せられ、羽田はびくりと肩を竦ませる。

「関係ないってあれ、本気？」

「な……なんだよ」

そうして、羽田の怯えや意地や、そんなものをまるで見透かしたような薄笑みを浮かべて、目線さえもくれないまま片桐は続ける。

「――大人、舐めんなって俺、言わなかったっけ？」

言い捨てるなり急にハンドルを切った片桐に、なにをと問いかける間もなく、安っぽいゴムのカーテンを覆面パトカーはくぐっていた。

「なっ……え、おいっ!?」

あまりのことに驚き、呆然となった羽田が我に返ったのは、薄暗い地下駐車場に車が停められ、片桐の長い指でシートベルトのロックが解除された後だった。

「な、なにっ……アンタ、なに考えて……！」

身を乗りだし、身体の上に覆い被《かぶ》さるようにした男にぎくりとなってもがけば、叩き落とすような冷たい声が羽田を凍り付かせる。

「うるせえよ。――降りな」

「っ……！」

抗うことも、逆らうことも一切許さないと視線で語った片桐は、露悪的な声でさらに続ける。

「パクられんの、いやだろう？　……言うこと聞けよ」

「な……に……」

そういうことだろう、と密《ひそ》やかに笑んだ表情が、酷薄で卑猥に歪んでいる。

逃れられない。瞬時に思って震えだした唇に、あたたかいものが触れてくる。目を見開いたまま身じろぎさえ出来なくなった羽田のそれを苦い舌が舐め、どうしたんだと訊ねてきた。

「この間、おまえから言いだした取引と、同じことだろうが……？」

怒っている、気づいた瞬間その声音に滲《にじ》んだ痛みを感じて、羽田は息がつまりそうになる。

「ツネさあ……」

そして、今まで笑ってその手をゆるめてくれた男が、決して自分を傷つけないと知っていて、そしてその気持ちに甘えていた自身の傲《おご》りにも気づいてしまった。

「俺はなに言ったって、傷つかないとでも思ってるんだろ……？」

苦い声にそれを肯定され、瞬《まばた》きさえ出来ないでいる羽田は腕を引かれて、もはやなにをすら言えないまま、薄暗い道筋を歩かされる。

そうじゃないとか、そんなつもりなかったとか、沢山の言葉は喉の奥に絡まって呼吸を苦しくさせた。

摑《つか》まれた手がただ熱く、いっそ愛想づかしをしてくれと願っていた自分の本心が、まるで裏腹であったものだといやでも気づかされる。

（こんな……）

こんな顔をさせたかったわけではない、ただその言葉だけがぐるぐると、混乱しきった羽田の頭をまわり続けていた。

＊　＊　＊

パネルを選んで駐車場からそのまま上に上がる方式のラブホテルは、確かに人目に付かない分気が楽でいい。けれど、まさかこの男とこんな場所に、再び入る羽目になるとは思っていなかったから、干上がったように痛む喉が恐ろしく緊張した自分を教えてくる。

部屋のドアを開けると、一見は普通のシティホテルのような内装が飛びこんでくる。しかし、そのベッドの無駄な広さや、端々に感じられる淫靡《いんび》な空気に足が竦んだ。

「──っ」

「おっと」

反射的に逃げようとした肩を摑まれ、離せ、ともがく。しかし、その抵抗にいっそう険しくなった片桐の視線は許さないと語りかけてきた。

「いっ……！」

先ほどまでの乱闘でとっくに崩れた前髪を、長い指は強く握って後ろに引いた。痛みに仰《あお》のいた顎《あご》に舌を這《は》わされて、いやだ、と羽田はもがく。

今日このままこの腕から逃げられなければ、本当に壊される。本能的な恐怖に背筋を粟立《あわだ》たせながら闇雲《やみくも》に腕を振り上げれば、髪を引いた腕が強く、背にしたドアへと頭を打ち付けた。

「たっ──!?」

「大人しくしろよ」

片桐からはじめてくわえられた暴力に、ぶつけられた頭よりも胸が痛くなる。くら、と振動に脳が揺れて眩暈がし、そのよろけたスキに足を払われて、俯《うつぶ》せにベッドへと押さえつけられた。

「な……や、やめ……！」

大した力も入れたふうではないのに、易々と片桐は羽田を押さえつけ、膝の上を両足で踏みつけたまま上着を脱ぎ、近くにある椅子の上に放った。

次の瞬間にはボタンを引きちぎるように羽織っていたシャツが脱がされて、もがいた両腕を背中の上で捻《ひね》りあげられる。

「か……かた……片桐……？」

手首が締め上げられていくこのなめらかな感触はきっと、片桐がルーズに締めているネクタイだと羽田は気づいた。青ざめ振り返れば、長い前髪が目元にかかって、片桐の表情はうかがうことが出来なかった。

「うそ……なあ、うそ、だろ……？」

「残念だけどね」

ふっと、口元だけに刻まれる微笑が恐ろしく、軽薄さを装った声音も冷え切っている。

「本気」

「ひ――っ」

言うなり、まるで握りつぶすかのような力で脚の間を摑まれる。痛みと恐怖に大人しくなった羽田の細い腰からベルトが引き抜かれ、ついで下着も靴下も、一息に制服のズボンごと男の手が脱がせていく。

「……関係ないっつったからさ」

淡々と、笑みさえ含んだ声が怖くて、身体が震えだす。あの日あれほどにあたたかくやさしく抱きしめてきた腕が、今は恐ろしく、もう目を開けることさえ出来ない。

「強引にでもカンケイ、作っちまおうと思って」

Ｔシャツを捲《めく》る指先が熱を孕《はら》んで、背中の肌をまるで、なぶるように撫でてくる。

「……やらせろよ、なあ」

「……！　……や……やめ……」

卑猥な声で囁かれ、胸の上をきつくつままれて、剝《む》きだしの脚に手のひらを這わされて、その瞬間気にかかったのが自分の汗の匂いだった。恥ずかしいと感じて、何故《なぜ》と思う間もなく、一度だけ覚えさせられたその小さな突起からの甘い感覚に息がつまる。

「そしたらもう、いいからさ……」

いやなのに、やめて欲しいのに、片桐の指だと意識するだけで勝手に身体が熱くなり、揺れる。

「利用するだけしてくれたってかまわないから、……嫌っていいから」

ひどいことをされているのに、どうしてこんなに声が甘くて、苦しそうに息をついたりするのか、羽田にはもうわからない。

「ひ、ん……っ」

「……なあ……？」

手首の縛《いまし》めなどなくても、この声だけで搦《から》め捕《と》られて、もうどこにも行けないと感じた。

首筋を嚙んだ唇が、耳の後ろに這い上ってくる。舐める音と感触に、じわじわと息が上がった。

背中にのし掛かる重みは確かに苦しいのに、あたたかく広い胸の感触が肌を震わせる。

「ん、ん……っ」

両胸をいじられているだけでも怖いくらいに感じた。声を出すのが癪《しゃく》で強く枕を嚙めば、耳朶を舐めていた唇が苛立ったように嚙んでくる。

「痛……！」

「声嚙むな」

鋭いその命令口調に反抗心を覚えて、なお深く枕に顔を埋《うず》めた羽田に、強情なと片桐は笑う。そうして、指先に微妙な強弱をつけ、まるでこねまわすようにひくついている胸を刺激しながら、のし掛かっていた膝で剝きだしの脚を開かせた。

「うあっ！」

膝頭で一瞬きつく、最大の急所を踏まれ、思わず跳ね上がった頭が枕から外れてしまう。そのスキにクッションのきいた枕は床に投げ捨てられ、片桐の右手のひらが胸から腹へを撫で下ろし、痛みに縮こまった性器に触れてきた。

「い、ひあっ、いや、……あっ、あ！」

身構える暇もなく、恐ろしく淫らな手つきで揉《も》みしだかれて、開いたままの唇からはあさましいような声があがる。いい子だ、とでも言うように嚙み痕のついた薄い皮膚を舐められて、ぶるりと腰が震えた。

「いあん、……あっ、……っ！」

なんでこんなに簡単にと、悔しくて食いしばった奥の歯は、頬をかすめた口づけのやさしさにすぐに解かれた。

「……こっち向いて」

囁いてくるその声が、甘やかすような響きを持つから余計に、怯えた心が縋《すが》ろうとする。

「……っふ……」

この日はじめてふさがれた唇は、ひどいことを強いているくせに宥めるように啄《ついば》んできて、ぞくりとした自分にも恐れを抱《いだ》きながら羽田は目を閉じる。舌先はその強情な歯をつるりと撫で、舐め溶かすような動きで口腔を這って、息苦しさにゆるんだ隙に容赦なく侵入してくる。

「んふ……ん、……う……んん……っ」

舌の先が触れあった瞬間、電流のようなものが爪先《つまさき》まで走り抜けた。胸や脚の間をまさぐる片桐の指がいつの間にか、焦《じ》れったいほどの甘やかな愛撫に変わっていた。

薄く開いた瞼《まぶた》の先、苦しそうな表情。匂い立つような男の色気をまとわせた片桐は、胸が苦しくなるような声で名を呼んだ。

「……ずるいな、おまえは」

そして、痛むくらいにぎゅっと両腕で抱きしめられ、何故か安堵の息が漏れる。湿りを帯びていた目の端に口づけられ、こっちの台詞《せりふ》だと羽田は思う。

逃げたいのに、怖いのに、不意打ちでやさしさを見せつけるから、この腕を突き放せない。唇を撫でてくる指のかたちがきれいで、舐めたくなる衝動を堪えるにはあまりに羽田の自制心は脆《もろ》い。

「ツ……」

驚いた顔をする片桐の表情を見ていられなくて、目を伏せたままその長い指を噛む。

「ほどけよ……」

身を捩《よじ》り、もう逃げない、と言った羽田の言葉は、険しかった片桐の目線を揺らがせた。

「……ツネ？」

「逃げないから……これじゃ、苦しいじゃねえかよ……」

受け入れる言葉を吐くのはこれが精一杯と、わかってくれと瞼を伏せた横顔に、ふわりとかかった吐息は甘く熱くて、溶かされてしまいそうだと羽田は思う。

「……いいの？」

泣かせちゃうかもよと言った声音は甘く、ぞくぞくと震えながらようやく、赤くなった瞳は背後の男をにらむことに成功する。

「いいっってんだろっ……！」

けれど、その瞳も、甘く上擦った声も、ただ誘うような色以外になにひとつ浮かべていないことも、既に羽田は知っていた。


縛られ鬱血している手首の先が痺れて、そこに寄せられた肉厚の唇にさらに疼《うず》いた。ゆっくりとシャツを脱ぐ男の姿を見ていられなくて伏せた瞼に、甘ったるいような口づけが落ちてくる。

「……あ」

そのまま唇を開かされ、短く息を吐いた瞬間深く口づけられる。びくりと跳ねた腰を抱きながら、皺《しわ》の寄ったTシャツから袖《そで》を抜かれ、たっぷりと口腔を濡らされる。

「頭、ちょい上げな」

長く絡んだ唇がほどけ、息をついた羽田に囁きつつ、男の手は最後の衣服を取り去った。首を振って乱れた髪を払うと、両手で頬を包まれる。

「……なんだよ」

甘い仕草に恥ずかしいだろうとにらめば、ふわりと見たこともないほどやわらかな微笑が片桐の顔に広がった。

端整なその顔に一瞬見惚《みと》れて、隠しようもなく赤くなった羽田の頬に長い指が触れ、もう一度唇がふさがれる。所在なくさまよった腕はすぐに捕らえられ、やや強引な所作で背中にまわされた。

「……あの、あのな、……なあって……」

強く抱かれ、首筋に舌をあてられて焦りながら、それでもこれだけは言いたいからと羽田は片桐の髪を引く。

「ん？」

行為を中断されても気分を害した様子もない男に、余裕じゃねえかと悔しくなりつつ、羽田は言った。

「お……俺アンタのこと利用しようとか、そんなん考えて、ねえからなっ」

「……ツネ」

至近距離で瞬きをした男の睫毛《まつげ》が長いことを発見しつつ、虚を突かれたような表情に少しだけ溜飲《りゅういん》が下がる。

「そーゆんで……こんなこと、すんのは、……も、しねえって決めたから……っ」

言いながら、頼むからもうこれでわかれと目をつぶる。

可愛い大事な彼女より、気になって気になって仕方ない片桐を、自分がどう思っているのかなんて、まだ冷静には考えたくない。それでも、震えて仕方ない腕を背中に絡める今の精一杯の気持ちを、汲《く》んでくれと願った。

「……ん」

からかうか、笑うかすると思ったのに、奇妙にまじめな声で頷いてくるから、息苦しいほど上がった心拍数がもう元に戻らない。

鼓動を確かめるように手のひらを這わされ、尖ったそこに指が触れた。あ、と仰《の》け反《ぞ》った首筋には舌が、跳ね上がった腰にはもう片方の手が与えられ、どこで感じているのかわからなくなる。

「……まいったね、もう」

「なんっ……だよ、あ……」

喉奥で笑った男は徐々に愛撫の動きをしつこくして、息の上がる口元を舐めてくる。

「可愛いな、ツネちゃん？」

「ばっ……ばっかじゃねーの……」

にやり、と見慣れた表情で意地悪く微笑《ほほえ》まれ、安堵の息が喘ぎに混ざる。怖い片桐も、やさしいだけの片桐も、まだ真っ直ぐに受け入れるには覚悟が出来ていない。

もう少し、もう少しだけ気持ちだけは逃がして欲しいから、それを受け止めた男の背中をせめて、強く抱いた。

「……好きだな、そういうとこ」

誤魔化した言葉に本音が混じっていることも、気づいていながら視線を逸《そ》らす。それでいよと言うように耳を噛まれて、ぬめりを帯びた脚の間で卑猥な動きが強くなった。

「あ……あー……ん……」

でもね、含み笑った声でそのまま舌が、胸の上に触れてくる。

「ひあっんっ！」

「——俺もちょっとは好きにさせて貰《もら》う。散々、振りまわされたんだから」

「そ、それこっちの台詞……っ、あ！」

噛まれて、その瞬間跳ね上がった腰を強く摑まれて、覚悟しろよと告げられた声の響きに背中が震え上がった。

「は……ふ、あ……や、そこ、やだ……っ」

胸を撫でまわすぬめった舌に、知らなかった感覚を覚えこまされる。女でもないのに感じるんだと、片桐に触れられるまで存在さえ忘れていたその場所が、赤く立ち上がって男の舌を喜ばせている。

「やじゃないんじゃん？　こっち、ほら」

「い——あ、あっ！」

ゆるく握られているだけだった性器は濡れそぼって、既につらくなってきている。その雫《しずく》を零す先端に片桐の親指がかかり、いじめるように撫でまわされて悲鳴が上がった。

「……べったべた」

脚が勝手に開いて、腰が揺れて、灯《あか》りの煌々《こうこう》とついたままの室内で、男の舌なめずりするような視線に全てをさらしている。

「……っかやろ……てめ……っひ……！」

若いねと笑われて、そんなことをするからだと怒鳴ったつもりの声は上擦り、片桐の笑みを淫らに深くする。

「……しゃぶってやろうか」

「んや……ああ！　ああああああ‼」

言われた瞬間、ぞっとするような感覚がこみ上げて、自分でもぎょっとするような声があがった。胸を舐めたあの赤くやわらかいものが、こんな場所に触れたらきっと、自分は気が狂ってしまう。

想像しただけで膨れ上がり、男の手に堰《せ》き止められていなければすぐにも弾《はじ》けてしまいそうな性器が恥ずかしくて、こんなに安易な身体だったろうかと自問する。

「ツネちゃん、すっけべー……」

溢《あふ》れてきたそれを指に絡め、全体に塗りつけるようにしごき上げてくる指の持ち主は、実に楽しそうに笑ってそんなことを言った。

「……んで、どうする？」

「やだっ、ん、やだ……」

ひく、と息を飲んだ瞬間、目尻からなにかが流れる。感じて泣いている自分を知って、泣かせると言った片桐の言葉は本当だったなと思う。

「こんじょ……わり……っ」

遠慮すんなよと笑う男に恨みがましく言えば、ふっと笑んだ男は宥めるように言った。

「……噛んだりしないよ？」

「や……っ」

口でされたことがないわけじゃなかった。今まで寝た女の数だって、多分この年にしては多いはずだったし、それなりに経験は積んだつもりだった。

けれど、硬い指の腹で軽く撫でてこねられるだけで、泣き喚《わめ》きたいほどの快楽をもたらした相手など、今までひとりもいなかった。

「こんなふうに、……するだけ」

ちらりとまた尖った胸を舐められて、以前片桐が言ったように、相手にしてきた女たちが「子供」でしかなかったのだと思い知らされる。

「やだ、や、や……あ!?」

ぬらりとしたものが疼き続ける場所に触れて、閉じ合わせようとした脚の間には広い肩がある。ぎくりとして目を開ければ、見せつけるように舌を伸ばした片桐の艶冶《えんや》な微笑と目が合って、死んでしまうと思うほどに胸が激しく高鳴った。

「……見る？」

「ひ……」

囁きが、その呼気が敏感な部分に触れて、泣きだしたい衝動を堪えてかぶりを振るけれど、なぜだか視線が外せない。じっとこちらを見たままの片桐の瞳が強くて、逸らすことを許されなかった。

「い……いあ、あー……！」

ふわりと被さった肉厚の唇に一瞬吸われ、内部にある体液が吸いだされるのを感じる。それでも達するほどの刺激ではなく、堪えるあまりの反動で跳ね上がった腰は、男の唇の中にまるで突き入れるように性器をおさめた。

「……っ、焦んなって……」

一瞬噎《む》せた片桐は苦笑を浮かべて、その後ゆっくりと輪郭をなぞるように舐め上げてくる。やだ、と子供のようにかぶりを振っても聞いてくれず、そのままもう一度深くくわえられて、あたたかくぬめった口腔の感触に溶けそうになった。

「あー……あ、あ……んあ、あ、……ふ……っ」

咀嚼《そしゃく》するような音に、その感触に、脚の間で上下する片桐の端整な顔立ちが被さってもう、頭がぼうっとなってくる。恥ずかしいとか、そんな感情が全て吹き飛ばされて、ただただどうにかして欲しくて身体がゆらゆらと揺れた。

「……も……い……いい……すげ……」

惚《ほう》けたように開いた唇からは浅い息がひっきりなしに漏れ、なんだかわけがわからなくなってくる。含まれているのは身体のほんの一部なのに、自分の身体全部が片桐の口の中で転がされているようで、どろどろと甘く舐め溶かされていくようだ。

「気持ちい……？」

「い……いい……い……っ」

ついでのように伸ばした腕で胸を転がされ、爪先が反り、腰が浮き上がった。そして、その無防備に開いた脚の間にいつの間にか親指が触れて、少しずつ押しこまれているのにも気づけないほどに片桐の施す愛撫に溺《おぼ》れていた。

「い……出る、で……っ」

「──ダメ」

「ひっ！」

生あたたかい口腔から放りだされ、きゅううっと根本を縛められた瞬間、無意識に狭まったそこに異物感を感じて羽田は叫んだ。

「な、なに、入れ……っ」

「すっげー感じてたな、ツネ……」

入れても全然気づかねえんだもん、いっそおかしそうに言われて、少しだけ正気づいた羽田は紅潮した頬をさらに赤らめる。

「指、ほら……わかる？」

「う、……動かすな……っ」

多分こんなこともされてしまうのだろうとは思っていたけれど、まさかの展開に羽田は焦った。きっともっと痛かったり、抵抗を感じたりするのだと思っていたのに、今体内にはもう片桐の長い親指が入りこんでいて、じりじりと広げるように進んで来ている。

「あ……はあっ、あ……」

その指が一度引き抜かれ、上擦った声が漏れて、びくんと身体が震えた。拓《ひら》きはじめたそこが怯えて閉じる前に、今後は少し細く長いものが入りこんでくる。

「ん――っ！」

ぬめったそれは少し冷たく、なにか塗ったのだろうかと思うけれども、問う言葉を口にする余裕は最早《もはや》なかった。

「……痛くない？」

「な……い、……ない……」

片桐に気遣うような声で問いかけられて、ふるりと首を振ると、そう、と笑ってみせた唇が、濡れて震える性器に触れてくる。

「……っあ！」

またがくりと揺れた動きを利用して、ずるりと指は入りこんできた。舐められ、あやすように吸われながら、濡れていく身体の中のなにかを探すように指は蠢《うごめ》き、その不快さと蕩《とろ》けそうな愉悦に同時に襲われて、羽田はただ胸を喘がせる。

まるで生き物のようなそれが狭い内部を穿《うが》っていく感触が苦しく、こんなことまで何故しなければいけないんだろうとふと思って、それでも片桐に全てを強いられているかと問われれば、違うときっと言える。

「ん、ふ……うっ、う……」

「……ここ、どう？」

「――っ！」

息をついた瞬間、じり、と指のひらが奥深くを撫でて、一瞬腰の抜けそうなほどの刺激を受けてはっと目を見開いた。気づけば片桐の唇はとうに脚の間を離れ、ひそめた声が耳朶に直接吹きこまれる。

「よさそう？」

「あ……っ！　ひゃ、ああ、あん……！」

もうわかっているくせに、わざわざ問いかけては意地悪くその指を動かされ、勝手に腰が動いてしまう。いいみたい、と笑われて、反論したくてもどうにも出来ない。

「あひ……っ、い……っい、ん……っ」

心が半分、どこかに行ってしまったような感覚に溺れて、言葉が出ては来ないのだ。がくがくと脚が引きつりはじめ、まともに声も出せなくなった。喉からは激しい呼気に紛れ、小犬の鳴くような音色が抜けていく。

明らかに今まで、羽田が快感と思っていたものとはまるで種類の違う感覚が、片桐の指に擦《こす》られる場所からこみ上げてくる。深く入りこみ、ゆらゆらと中で動いて、少しずつ道をつけるようにまた押し入ってくるそれが、次第に物足りなくなってくる。

「……すげえな、みっつめ、ほら……」

「はあん！　……あん、ん……っ！」

ひくりと収縮した瞬間に、指が増やされたのを知った。同時に唇の上をもう片方の手のひらがかすめて、同じ動きで含まされ、かきまわされる。

「……指、食われそうな、こっちもあっちも」

「ふう……っか……も……っ」

「だってぎゅうぎゅう吸い付いてくんじゃん」

ふざけるなと言いたくて、それなのに卑猥な言葉だけで胸が震えて声が出ない。下肢の奥からの濡れた音が響いて、指の動きが激しくなる。口の中をかきまわしていたそれは抜き取られ、代わりにというように舌が差しこまれて、刺激を求めた羽田の唇は懸命にそれを吸った。

「んー……う、ふっう、……あ……ったぎりぃ……！」

「……ん？」

呼びかけに意味はなく、ただ唇から零れていっただけのことだった。覗《のぞ》きこむように瞳を合わされて、もういいか、と訊ねられ、なにがなんだかわからないまま頷いた。

「く……んっ」

指が抜き取られて、明らかに寂しいと訴える動きでそこが、なにか入れてと訴えている。あてがわれた熱い、濡れたものの先端に、喉もそこも舌なめずりして待ち受ける。

「やっらしい顔して……」

とろりとした目で見上げた男は揶揄《やゆ》の台詞を吐くけれど、眼差《まなざ》しがあたたかいから傷ついたりもしない。ただもっと、すごくもっと、よくしてほしいと唇を開けば、力を抜けと口づけられた。

「あ……」

浅く。

「ああ、ああ、ああ……」

やわらかくて硬い、あたたかいなにかが身体を拓いてくる。

「あー……あ、あっ、あ!」

総毛立って震え、その質量と感覚に怯えた羽田の腰を、指が食いこむほどに男は捕らえ、逃げるなよ、と囁いた。

「や……やあ、やだ、……や、っ!」

指でされていた時の比ではない強烈さに、やっぱりいやだと羽田はもがいた。

「や、だあ……? 今さら今さら」

「い、ひ……っ!」

冗談でしょうと残酷に笑った男は強く肩を押さえこみ、強引に侵入してくる。そうしながら、あげくあの長い指で、萎《な》えかけた性器をじわじわいじられた。

何度も放出をふさがれたそれはひと撫ででひくりと反応して、浮き上がった腰の背を撫でられた瞬間、弛緩《しかん》したそこに熱いものがずるりと含まされた。

「ア——!」

奥まで突き上げられるその感覚に、喉からは悲鳴が迸《ほとばし》る。衝撃に目を見開いたままの身体が落ち着くのも待ってはくれず、強い腕で膝を開かせた男は艶めかしい律動を送りこんできた。

「あ、んうっ、い、あ、……んんっ……やだああ……っ!」

熱い、濡れた脈打つものの感触。

「……っと……きっつ……」

いやらしく掠れた、片桐の声に、どろりと身体が溶けそうになる。

泣きじゃくり、目の前にある胸に爪を立て、抉《えぐ》るように引っ掻《か》いても片桐は怯《ひる》まなかった。

「……いいくせに」

「よく、ね……っや、ばかっ！　……ああ、ああ……っ」

「そんな声出して、なに言ってんの……」

そんな声ってなんだ、そう言いたかったのに、含み笑った唇を押し当てられて息がつまる。

舌が絡んで、こめかみに響く濡れた音と、肉の混ざる音が絡み合い、羽田はただどろどろと、体内から壊されていく感覚に怯えてしまう。

「うっ……うく、……んっ、んっ……っ」

ふさがれたままの口の中で、声音に混ざる甘さが段々濃くなっていく。暴れるようにもがいた腕が、次第に弱くなり、縋るように背中を撫でてしまう。

「──んあっ！」

「ここ、……な？」

ぞくぞくするような声で耳に舌をねじこまれ、ざわりと流れの変わる血液が肌をくすぐって下肢に集まる。

「ああ、ん、ああ、……あっ！　……い……っ」

いい、と口走りそうになってふと我に返り、目を閉じた瞬間咎めるみたいに揺らされる。すぐにほどけた唇からは、呆れるような淫蕩《いんとう》な悲鳴が上がって、片桐のそれを強く締め付けた。

「……マジで食われそうだな……」

「やー……っやだあ……！」

「やだ、じゃねえだろ……こんながんがん腰使って」

「っし、してな……っ、あ！」

してない、と首を振ってみても、うねるような身体が止まらない。怖くて怖くて、それでも逃げられず身体を捩れば、そのままさらに脚を開かされた。

「やあああああ！」

ぐるりと内壁を擦り上げるようにして、片桐のそれが角度を変える。

「やあ……も、や、や……」

「……いいんだろ？」

言いな、と促す言葉にもう、なにも考えられずに頷いた。焦らすようにゆるくなった追及が却《かえ》って苦しく、言うから、と泣きながら羽田は腰を揺らす。

「や……いー……いい、よお、いい……からあ……っ」

もっととねだるその淫らさに、汗ばんだ精悍《せいかん》な顔を歪めて片桐は笑う。

「いいから、なに……？」

「あ、ああ……あ、ひあ……っ」

「喘いでちゃわかんないっしょ、ツネちゃん……」

ピッチを上げてくる動きに脳までかき乱されて、なにがなんだかわからない。言葉をまともに紡ぐ余裕もなく、教えられた言葉をそのまま口にした。

「んあ、……っあ、こすって……中、こすって……っ」

「……こ？」

言えば片桐はそのまま、願いを叶《かな》えてくれたから、歯止めはどんどんきかなくなる。

「ん、ひう……も、怖い……っ」

終わらせて欲しいと言いながら、頭上で揺れる唇に触れたくて、わななく指でそれに触れれば捕らえられて嚙まれた。

そんなことでさえも、沸騰したような頭には毒で、見せつけるように指を舐められたらもうたまらなかった。

「い……いく……」

「ん？」

「も、やだ、いく……っかせ、ろよぉ……！」

首にかじりつき、早くしてくれと身体を絞れば、無言のまま強く穿ってくる。

「っあ、ひあっ、あ！　あ！　あ！　……あ！」

肉のぶつかる音がするほどの激しさに、ベッドの上で身体が滑る。摑まっていなければどこかに飛ばされそうだとそれだけを怖がって、ぎゅうぎゅうとしがみつく羽田を片桐はもうからかいはしない。

泣いて、怯えているくせに、引きかける瞬間には身体が勝手に片桐を追う。

「いや、いう……っく、こわ、も……っ」

──気持ちいい。

「やだ……や……あ、やだぁ……っ」

──やめないで。

「ああ！　……あ、いや……あ！」

もっと、壊れるくらい、滅茶苦茶に──して。

言葉と裏腹な身体の反応に、含み笑ったような表情が目の端に映り、それもうぼんやりとしか見えなくなる。

「……ん……っ」

霞《かすみ》のかかる意識の中で、男の吐きだした上擦ったうめきが、なによりも羽田を痺れさせて。

喉が嗄《か》れるような悲鳴と共に、堪え続けた粘つく放埒《ほうらつ》が、身体の中と腹の上を濡らしていった。

少しの間、恐らくは放心状態だったのだろうと思う。

「は……」

ぶるりと震えながら息を吐きだすと、腹部が痛むほどに痙攣《けいれん》している。ふ、と耳元にも力の抜けた息がかかって、余韻の冷めない肌をくすぐった。

「……か、たぎり……」

名を呼ぶのもまだ慣れなくて、身体の上に乗ったままの男に重いと訴えれば、億劫《おっくう》そうに髪をかき上げながら視線を向けられる。

「あ……」

恐ろしく艶《つや》っぽいその表情に、繋《つな》がったままの場所が震えて、男の唇を卑猥《ひわい》に歪ませた。

瞬時に顔色を赤らめた羽田の反応は、たった今和らいだその凶悪さを、再び勢い付かせたのだと気づく頃にはもう遅かった。

「……ツーネ」

「や……」

やだ、とかぶりを振って逃げを打つと、敏感な内部で男のそれがずるりと滑った。

「……こっからだろ？」

「嘘……うそだろ……？」

もう疲れた、と怯える身体には、既に熱を持った片桐が膨れ上がる感触さえ鋭く響いてくる。ふん、と鼻で笑った片桐は、その表情の中に微かに混じる、羽田自身無意識の期待になど、とっくに気づいていた。

「まじです」

「やだ！」

だから、即答して脚をばたつかせた相手を組み敷いて、躊躇《ためら》いなく唇をふさいでくる。

「む……う、いあっ、……あ！」

そのまま、片桐の放ったもので濡れて、散々にいじめられて敏感になった場所をそのまま、淫らに甘くかき乱されて。

「いや……やっん……も、もう……」

途端に頼りなく力なく、崩れてしまう自分を知る。

「ツネ、さ……セックスでおかしくなったことないだろ」

「さ……き、なった……あ！」

弱気だと笑われてもかまわないから、もう許してくれと涙声まで出したのに、ばかだね、と余裕であしらわれ、羽田は今度こそ本気で頬を引きつらせる。

「あんなもんじゃねって……」

「い……！」

色悪そのものの片桐の表情に、恐怖を感じつつそれでももう、上がりはじめた息が誤魔化せない。

「も……いや……も……」

かぶりを振りながら、おかしくしてやるよと言い切るこの傲岸《ごうがん》な男に、結局押し切られるのはわかっていた。

片桐の悪魔のようなその恐ろしく魅力的な笑みに、羽田が今まで実際勝てたことなど、一度としてなかったからだ。

＊　＊　＊

べそをかく背中を宥めている男は、一度としてその気配の中に面倒さとか、億劫さを滲ませることなく、羽田の呼吸がおさまるまでじっと抱きしめていた。

「鬼……」

「はいはい」

もうなにがなんだかわからなかった。これから、と言った言葉の通り、片桐はあの後全く容赦がなく、声も出ないほどに追いつめられて、何度も達した。

宥めるようにかすめられる唇に、初心者なのにあの、凶暴な熱さえ含まされて、その舐め方とかタイミングまで覚えさせられた。

吐きだされたものを飲むなと言われて、舌の上に乗ったそれを見せろとか。

「ヘンタイ……っ」

「その通り」

それでまた自分もなんで、泣きながら汚れた口を開いたりしたんだろう。

「すこっ……少しは、手加減とか、しろよ……っ」

だって、よかった。口の中にあんなもの入れて女って変だなんて思っていたのに、変な味がして苦しくていやなのに、片桐が気持ちよさそうに喘いで髪を撫でてくれるから、舐めてるだけで感じることに気づいてしまった。

後ろから入れられて、自分でそれをいじれと言われたり、もうとにかく、思いつく限りのいやらしいことを全部、知ってることから知らないことから全部された。

「……だって抜こうとすっとすんげー締めるじゃ……いって!」

「……アホーッ!」

しゃあしゃあと言われても、力の入らない身体ではせいぜい胸の爪痕をひっぱたくくらいしかできない。

段々クリアになる意識は次々とろくでもない記憶を甦らせて、まるで膝の上に抱えこむような体勢を拒むことさえ思いつかない。

眉《まゆ》をひそめた男が、それでも突き放すこともせずに、包みこむみたいに抱いてくるから、どうしていいのかわからない。

「……だってさ」

その上、ふいにまじめな声で、頬を流れるものを何度も拭《ぬぐ》って囁いて。

「これっきりかも、って思うとさ……」

吐息混じりのその声に、羽田の顔が凍り付いたのにも気づけない男は、切ないような瞳を伏せる。

「取りあえず一通りやっときたいじゃない……だっ！」

笑ったまま諦めたような表情で告げるから、もう一度傷痕を強く殴った。

「……っ、ツネ……これはマジ痛いって……」

息を飲んで痛みに耐える片桐は、しかし血の気《け》の引いた表情を強ばらせた羽田の瞳に先ほどとは違う種類の涙が盛り上がるのを見て、本気で狼狽《うろた》えた顔をした。

「……ツ、ツネ？」

「も、しらねえ、も……っ」

ひく、と震えた喉を明らかな嗚咽が焼いて、こんなに声が嗄れるまで叫んだのは誰のせいだと言いたくなった。

「も……アンタなんかしんね……っ！　二度と触んな！」

「嘘……え？　あれ？　……ツ、ツネちゃん？」

離せ、と暴れた腕を取られて、泣き濡れた瞳を覗きこむ表情は真剣そのものだった。

「しんねーよ、離せよっ……バカッ！」

「——ツネ……」

いいのかよ、と問われてにらめば、頬を撫でる手が震えている。視線を逸らしてベッドに組み敷かれたまま、それでも。

「なあ……ちょっとは俺のこと好き？」

請うように名を呼ばれて拒めず、似合わない純情な声で問われれば、肯定のために瞼を閉じてしまう。

「……っ」

押し包むような口づけが、笑ってしまうくらいに真摯《しんし》な感情を伝えてきて、すぐに離れるそれを追うように、ぽつりと羽田は言ってやる。

「やなヤツの……なんか、舐めたり、できっかよ……」

そうしてあからさまに嬉しそうな表情になる頭上の男へ、でも怒っているからなとドスを利かせた声で告げた。

「てめー当分顔見せんな」

「えー……!?」

「それから、俺がいいって言うまでこういうの、ナシ」

「えええええ!?」

情けなく顔を歪めた表情に、笑ってしまいそうなのを堪えて、寝返りを打つ。

「ツ……ツネ……」

「うるせ……」

声が震えるのは、きっと泣いているせいだと勘違いしてくれることだろうから、もう少しこのまま放っておこう。

動けない身体が回復するまで、機嫌を取らせても罰は当たらないと思う。

(……美奈《みな》ちゃんに)

多分、大事な彼女に泣かれるか、叩かれるか、しなければならないから、そのくらいの心労は負わせなければ気が済まない。

少しだけ胸を痛めて、身勝手でごめんと口の中で呟きながら、背中に落ちる片桐の情けない声が心地よく。

このまま少し眠ろうと、羽田はその瞳をゆっくりと閉じたのだった。

サマーナイトタウン

とぼとぼ、と歩く足下は、色濃い影が差している。

いつものように海沿いの、見慣れた通学路を羽田義経《はねだよしつね》はひとり歩きながら、何度もため息の落ちる自分を苦々しく思っていた。

校舎を出て、久しぶりに一人で帰ると言った羽田がここのところ鬱《ふさ》いでいるのは、加藤美奈《かとうみな》と別れた——仲間内では羽田がふられたことになっているらしい——せいだと信じこんでいる仲間連中は、少し肩を落とした羽田を追ってくることもなかった。

——そっとしといてやろうぜ、シツレンしたんだからよ。

人はいいがおっちょこちょいの田端《たばた》に見当違いの気を遣われて、そんなんじゃないと言いたくても、もうその気力そのものがない。

「……はーあ……」

自分でも鬱陶《うっとう》しいと思うくらいに力ない吐息は、確かに恋煩いのせいではある。しかもそれは、あの可愛く明るく頭のいい、美奈と別れたことが原因などではさらさらない。

出会ってからというものの、毎日のように顔を見せ、からかうようにじゃれてきたあの、背の高い男が、ここのところぱったりと姿を見せなくなったことが、羽田の気持ちを重くする。

「――べっつに、いいけどさっ」

　いやというほどかまってきた相手がいきなりいなくなったら、気になったって当たり前だろう。誰にともない言い訳を胸の裡《うち》で並べ立て、羽田は重い足を引きずるように歩く。

「気になんか、……してねえけど、さっ」

　言いながら、情緒不安定は自覚もしている。

　あの男の、どこまで本気かわからない口説き文句に翻弄《ほんろう》されて、それでも意地を張り続けてきた。

　はじめて本気の顔を見せた男に強引に、いわゆるそちらのバージンを奪われて、骨まで砕けるみたいな愛撫《あいぶ》にさらされて、とろとろになった感覚は、あれからもうずいぶん経《た》つのに少しも消えてくれはしない。

「……なんか、さ」

　それなのに、身体《からだ》の中から変えられてしまったあの夜を越えてから、あの男――片桐庸《かたぎりよう》は、ほんの通りすがりのようにしか、姿を現さなくなった。

　確かに、会いたくない、顔を出すなと言ったのは自分の方だったけれども。まさか本当に、二週間も放って置かれるとは思わなかった。

「いつになったら、顔出すんだよ」

こっちがいいと言うまで近寄るなとは言ったけれども、顔も見ないままではいったいそれを、どうやって伝えろと言うのだろう。

本格的にはじまった夏空は頭に来るほどの晴天で、午後の授業の水泳は六限目、濡《ぬ》れた髪のまま下校したのに、きつい陽光にそれもすっかり乾いている。

桟橋の辺りに立ち止まれば、爽やかさより少し熱気を孕《はら》んだ海風が、もとよりやわらかな色味の羽田の髪をさらりと撫《な》でた。

それはあの男の指先に撫でられたのとよく似た感触をもたらすから、羽田はふるりとその細い背中を震わせた。

「……気が済んだ、のかなあ……」

一回こっきりだから散々にしたと、そんなことまで言われているし。

考えたくはない事実ではあるが、その台詞《せりふ》を自棄《やけ》のように吐き捨てられて大泣きして以来、どうにもマイナスな方向へと思考はくるくるまわっていく。

泣いて詰《なじ》って、みっともないと思いながらも哀《かな》しくてたまらなかった羽田を、片桐は呆《あき》れるどころかおろおろと宥《なだ》めてくれて、多分だからそんなに、軽く扱われているのではないと思えたのだが。

二週間。たかが二週間、されど二週間。

高校生のカップルならば、告白してエッチして別れても充分な期間ではある。

「……丈《たけ》ちゃんと遊びにでも行くかなあ……」

その間中気が晴れず、くさくさしたまま呟《つぶや》いても、実際には片桐の連絡を待って家にこもってばかりの羽田は、そんな自分をいじましいと思う。

結局今日も、連絡などないんだろう。そしてじいっと携帯を握ったまま、もう無理だという諦《あきら》めがつくまできっと眠れないんだろう。

二重の大きな目元は微《かす》かに赤く、瞬《しばた》けばうるりとその甘い虹彩《こうさい》は濡れていく。

「帰ろう……」

今日も結局ふて寝かな、とがっくり細い肩を落として呟いた、そんな瞬間。

不意打ちのクラクションが背後で聞こえ、うざってえなと振り向いた先にはへらりと笑った片桐がいたのだ。

いつもの通りに。なにも変わらない表情で。

「よ、ツネ」

「……っ」

かけられた、あまりにいつも通りの声音が不愉快だ。

ふいと冷たい表情を逸《そ》らせば、窓から顔を覗《のぞ》かせたままの片桐はのろのろとした走りでついてくる。

「なんだよ、無視することないじゃない」

なあなあなあ、としつこく声を掛けられて根負けし、鬱陶しいと怒鳴りつけた。

「っせえな、なんか用事かよ！」

こっちがあれほど気にしていたのに、まるで間など空いてなかったかのような平静な態度が憎らしい。

「ひっどいなー、やっと仕事あけたから顔見に来たのに……ちょっとはやさしくしない？」

する義理がないなんて言いながら、仕事と聞いて少なくともただほったらかされたのではないと、ほっとしている自分がいる。だが安堵《あんど》に似た気持ちを素直に認められず、羽田の頬《ほお》はますます強《こわ》ばった。

「えー……じゃあ、メシ付き合ってよ」

「おごり？」

「んー。それもいいけど、俺が作ってあげるのはどう？」

食えるのかよ、返しながら明らかに険の取れた表情に、色気より食い気だなと片桐は笑った。

それがどことなく覇気がない気がして、疲れてるのかと問いかければ途端に満面の笑みを浮かべる。

「心配してくれんの？　うっれしーなあ」

「しっ……してねえよ！　ただっ……アンタが大人しいと気味ワリイだろ！」

乗ってよと開かれたドアに、結局誘われながら憎まれ口を叩くと、あれ、と大きな手のひらが髪を撫でてきた。

「どしたの、今日……髪おろして」

「プ、プール入ったからだよっ。朝は、いつもどおりで」

どれ、と高い鼻梁《びりょう》を寄せて髪の匂いをかがれ、かっと熱くなる頬を誤魔化《ごまか》せない羽田をさらりと逃がすように片桐はすぐに離れていく。

「なんだ残念。まだやめてないんだリーゼント」

しつこく言った甲斐《かい》があったかと思ったのに、そう笑われて、誰がするかと言いながら、髪に残った指の感触が去らず、少しだけどぎまぎとした。

美奈と付き合っていたせいで、煙草だけはやめていたから、片桐の指から香るそれがひどく気になって、動揺する自分を知られたくない羽田は走る車の中ずっと、窓の外ばかりを眺めていた。

顔を見て、声を聞いて、彼の車の助手席に、はいどうぞと乗せられて。

（……部屋、はじめて、行く）

誘われてたったそれだけで、馬鹿みたいに嬉しがっている自分のことを、認めたくはないのだけれど、赤くなった頬だけはもう、暑さのせいとは言い切れなかった。

＊　＊　＊

一人暮らしのその部屋は、家の主の雰囲気に似つかわしくなく整然としていた。

「コーヒーとお茶、どっちがいい？」

「え……」

いきなり連れてこられた2Kのマンションは、まだ新しい塗料の匂いが微かに残っている。

「ほい。返事ないからコーヒー」

「あ……さんきゅ」

座れば、と促されるまでぼうっと突っ立ったままの羽田に、少し疲れた顔をした片桐は生あくびをしながらコーヒーをすすり、部屋の中央にあるローテーブルの側へ長い脚を折った。

「……なに、きょろきょろして」

「や……なんかなんもない部屋だなと思って」

玄関から続く部屋のフローリングの床にはベッドとテレビがあって、隣はと見れば意外なことに、書架から溢《あふ》れ山と積まれた小難しそうな本とパソコン。クリーニングされたスーツが何着か壁に掛かっているけれど、生活臭というものがそこからはそげ落ちている。

羽田の家は、実は無届け出——つまり非合法ではあるが両親が保育園を経営している。そのため常に十数人の子供が走りまわる、ごちゃごちゃした自宅のそれとはあまりに違って、羽田はなんとなく落ち着かない。

「そりゃね。滅多に帰らないからモノも少なくなるのよ」

「でも、すげー本……」

ハードカバーのそれは洋書であったり、やたら難解なタイトルがついていて羽田にはなんの本やら見当もつかないが、どうやら法律関係であるらしいことはわかった。

「ああ。学生の頃読んだヤツ、なんか捨てらんなくて」

「へ……これ全部⁉」

「最近のもあるにはあるけど。なんか読むか？　貸してやるけど」

いらねえよ、と口を尖《とが》らせる。こんな難しい本など読まないし、そもそもマンガ以外は読む習慣がないのだ。片桐がからかって言ったのではないだけに、尚《なお》腹が立つ。

先日、物知りというか訳知りの友人である丈本剛毅《たけもとごうき》に教えられたのだが、片桐刑事はいわゆる「キャリア」というやつなのだそうで、それになるは相当なレベルの学力がなければ不可能なのだそうだ。

しかも、噂によれば東大出身で、今この神奈川に来ているのはよほどの事情があったとかないとか。

「……あんた東大行ってたってほんとか？」

「ん？　あれ、知ってるの？」

「知ってるもなんも……」

すっかりこの近隣では有名になった「笑顔の悪魔」こと片桐刑事の噂話は、ここいらに住む連中なら知らない方がおかしいくらいだ。そう言えば、片桐はヤンキーの情報網も侮れないなと笑った。

いつもへらへらとしている軽薄なだけの男だと思っていたけれど、次第に見えてくる片桐を知れば知るほど不可解になる。

「キャリアとかって、偉いんだろ？　それがなんで少年課の手伝いやらされてたんだよ」

「——ああ、前に言ったじゃん？　趣味」

ふふっと笑った片桐は、はぐらかすような声を出す。

「っざけんなよ……」

その、一瞬目を細めた表情がいつもと少し違って見えて、羽田は何故《なぜ》か追及することが出来なくなった。

片桐のその表情が翳《かげ》って見えるのは、丈本の言葉を思いだしたせいだろうか。

——なんで県警なんかにいんのか、まじでわかんねんだよ。

異動の時期にしても半端らしいぞと、首をひねった年上の幼なじみは、微かに眉《まゆ》をひそめていた。

「——ツネ？」

「っ！　……っわ！」

考えこむ内にぼんやりしてしまったらしい。気づけば至近距離の片桐の顔が吐息のかかりそうなほどの位置にあって、びくりと身じろいだ瞬間冷めかけたコーヒーが派手にシャツにかかってしまった。

「おいおい……なにやってんの」

苦笑して、染みになるから早く脱げと片桐が言うのに、羽田は一瞬固まってしまう。

「……照れてる場合か、ほら。洗ってやるからついでに風呂入ってこいよ」

「てっ……照れてねえよ！」

体育の授業が水泳だったため、今日はおろしたままの髪をさらさらと撫でられ、うるさげに振り払ってみせるものの、隠しようもなく顔は赤くなる。

「いーから、ほら。汗かいてんだろ。さっぱりしてこい」

ふ、と笑った片桐はそのまま立ち上がり、Tシャツと短パンを寄越した。そうしてもう一度カルキの匂いの残る髪をかき混ぜ、泊まっていけよと言った。

「へ……変なことすんなよ……？」

「……しねえよ」

張りこみ明けでくたくたなのよと、情けなく笑ってみせる片桐は、頼むよと少しかすれた声で言った。

「ちゃんと、手出ししてないじゃん？　信用してよ、いい加減」

「う……」

それを出されれば確かにと頷《うなず》く他ない。

「その間にメシ、作っておくからさ。そういう約束だろ？」

かなりというか相当に強引に身体を奪われた日、最後のつもりだったと言った片桐の前で、ショックを受けて咎《とが》めて泣いた自分もついでに思いだし、羽田は俯《うつむ》き赤くなる。

「んじゃ、借りる……」

「脱いだのそのまま洗濯機に入れて、横にあるから」

そうして、長い指に示された浴室へと、のろのろと羽田は足を向けた。

見慣れない浴室は少し使い勝手が悪い。普段は子供たちを連れて銭湯へ行ってばかりだから、個人用の風呂というのも久しぶりだった。

髪を洗うと、当然ながら片桐の髪から微かに香る香料と同じ匂いがして、指の先が疼《うず》くような気分になる。

――俺がいいって言うまで、こういうのナシ――。

あの日そう宣言した羽田をおろおろと宥めながら、不承不承頷いた片桐はそうして本当にそれっきり、軽い口づけ以外はなにもしてこようとしない。

あげく二週間、顔も見せずにいたと思えば、まるっきり以前と変わらない表情で態度で現れて、ジェットコースターのようにくるくるまわるこちらの気持ちも知らぬふりで。

「……ばーか」

シャワーを浴びながらタイルの壁に額を押し当て、羽田はぼそりと呟く。

羽田の性格からして、こちらから誘うことなど出来はしないのだから、迫ってくれなければなんにも出来ないじゃないか。

言われたとおり、彼女とだって別れたし、もうすっかり――すっかり、片桐しかいなくなったのに、それをちゃんと伝えもしたのに。

嬉しそうに笑って唇を奪われて、あの時されたって、かまわなかったのに、不意打ちで鳴った携帯に邪魔されて、唇の中に残された熱をそのままに、片桐は仕事に戻っていった。

近頃神奈川県警は不穏なことが多いらしく、元より犯罪発生率が全国一を誇ると言われる県下で刑事などと言う職業に就けば、忙しくて当たり前なのだ。

近頃ではあまり喧嘩《けんか》もしなくなったから、よくは知らなかったけれど、少年課の要請も片桐にはかからなくなったらしい。案外ツネちゃんの顔見に来てたんじゃないの、事情を知らない田端に呑気《のんき》にからかわれ、顔が赤くなるのを怒鳴ってごまかした。

「んなんじゃ、ねーよな……」

あれは、そんな可愛い玉じゃない。ふざけた口振りで散々口説いて来たけれど、どこまでそれが本気かなんてわからないと、降りかかるシャワーの中でほんの少し、唇が歪《ゆが》んだ。

そうして同じような気持ちで同じような表情を浮かべていた、先日のことを思いだす。

＊　＊　＊

「なんで県警なんかにいんのか、まじでわかんねんだよ。なんかあんのかもしんねえよな」

呟くように言ったふたつ年上の丈本は、この春に鉄筋工の仕事についていた。おまえもいつまでもバカやってんなよと羽田の頭をひとつ小突いて、仕事は色々あるぞと、すっかり一人前の男の顔で。

「警察ったって、会社みたいなもんだし。事情もあるかもしんねえ」

粋がっているだけの自分の比ではないほどの悪童ぶりを発揮したため、いらぬ方向につてのできてしまった丈本の言葉だけに無視もできない。

実際その道からのスカウトも多々あって、それを蹴りまくって鉄筋工になるまでに、丈本には随分な根性が必要だっただろう。

「社長に聞いたんだけど、キャリア官僚とかって、結構政治的な部分が出世とか仕事に影響するらしいじゃん？　片桐、そういうのダメっぽいしなあ」

「そ……なのか？」

「順当に昇ってきゃ、政治家になるのもいるらしいぞ。おまえその辺、聞いてないのかよ？

カレシなんだろ？」

「……カレシってゆーな……」

俠気《おとこぎ》を地でいく丈本には実は、片桐と羽田の関係はすっかりばれている。情けなく眉を下げて涙目でにらんでも、丈本は事実じゃねえかと取り合わない。

同じ高校の遊び仲間たちも、羽田にたいする片桐の派手なセクハラまがいのからかいは知っていたけれど、まさかと本気にはしないでいる。いまだに、ふたりが犬猿の仲だと田端あたりは信じているだろう。

しかし、もう随分と以前に、人気《ひとけ》のない駐車場でいきなり唇を奪われたその瞬間、拒まず瞳《ひとみ》を閉じた自分を丈本には見られてしまっていた。かなり肝は冷やしたが、それは相手も同じだったようで、追及されれば仕方なく、付き合っている——ようなものだ、と打ち明けたのだ。

——……まじかよ。

呟かれた言葉に嫌悪が混じっていたらと思えば恐ろしく、告白は死ぬほど勇気が必要だった。

当然ながら丈本は驚き、少しばかり嘆いて、それでも小さな頃からなんだかんだと面倒を見た弟分への情に免じて、目をつぶる、と言ってくれた。

——そんな顔、されりゃあなあ……。

複雑そうな厳《いか》めしい顔をした幼なじみは、結局羽田の涙に弱い。誰にも言わないから、あまりやばいところでいちゃつくなと吐息して、後は至って普通に振る舞ってくれた。

そうしてこの秘密を抱えた今では唯一、羽田が腹を割って話せる相手ではあるが、丈本との関係は、実は少しばかりややこしい。

もともと羽田は、つい先日の別れた彼女である加藤美奈と出会うまで、他校の山咲《やまぶき》かおりと付き合っていた。そちらはお付き合いといっても真摯《しんし》なものでなく、羽田としてはどちらかというと、軽いノリで寝てしまった相手という認識が強い。

だが、転校生だった美奈のかわいさに一目惚《ひとめぼ》れし、今までの遊びではない、初恋の切なさに舞い上がった羽田は、あっさりとかおりを袖《そで》にした。

明確に言えば、忘れていたのだ。かおりにしてみればいきなり美奈に乗り換えられたようなものだから、実際当時はこじれたどころの話ではなく、一頃は修羅場を迎えた。

かおりは本気だったのだ。気の強い女だったから、羽田には喧嘩腰で文句を言うしかできなくて、それでも陰では泣いていたらしい。

そこを慰めてやったのが、人のいい丈本だった。そうしてふたりはなるようになってしまったわけなのだ。今では、意外なことに美奈と彼女は仲が良くなり、その性格や潔さを知って、これなら羽田を譲ると決めたらしい。

そんなかおりは、今は丈本と殆《ほとん》ど同棲《どうせい》している。すっかり素行まで落ち着いたのは、誰のせいかなどと言うまでもない。

「本っ当におまえはよ。振った女の始末はさせるわ、美少女追っかけてたかと思えば今度はカレシは作るわ、わっけわかんねえな」

そんなこんな、すったもんだあって丈本まで巻きこんだくせに、結局先日美奈と別れたことともかくかおりから聞いたらしく、宥めるのが大変だったぞと苦笑された。

「ほっといてくれよ……」

まあ尻は軽かったがと、昔からの所行をすべて知る男に笑われてしまえば、羽田もなにも言えはしない。

「かおり、湯気噴いてるぞ」

「……やっぱり？」

かおり自身、今では羽田に未練はないのは知っている。しかし実際ここに来て問題なのは、さらに片桐というとんでもない伏兵が出てきてしまったことだった。

「なぁんで美奈を振ったのよ、ってなあ。お前んち怒鳴りこむのを止めるのに骨が折れた」

「うげ……」

おまけに人に言えない関係で、事情を知る丈本は、どこの女だと詰め寄るかおりに真実を打ち明けずに済むにはどうしたものかと、本気で苦労したらしかった。

美奈自身は、なんとなくわかっていたと、少しだけ涙を堪《こら》えた顔で笑った。義経くんきっと、誰か好きな人がいるんだと思っていたと、形のいい唇を噛《か》んで。

それだけに、自分を振るきっかけとなった女友達をさえ、あっさり袖にした羽田への、かおりの怒りは一通りではなかったようだ。

「丈ちゃん、わり……面倒かけて」

「おまえもまあ、いろいろあんだろうけどさ……」

素直に詫《わ》びる羽田には、兄貴分を自覚する丈本は結局甘い。せめて美奈に手を付ける前で良かったなと言われ、そうかも知れないと頷いた。

片桐に——抱かれて、それは知ったことだったのだけれど、身体の中に相手の一部を取りこむというのは、否が応でも情を深くする。

かおりと以前、そういう仲だった頃は、セックスの意味さえよくわかっていないような羽田は相手をとっかえひっかえするような真似もしていた。

もともと素行も褒められたものではなかったし、遊び感覚でナンパをするのも楽しい時期もあって、端から「食った」女の数を仲間たちと競い合うような、ばかなことをしていたのだ。

「まあ……なんかあったら言いにこいや……」

「ん……まあ、そんときは。……なあ」

「うん？」

随分ひどいことをしたと、今ならばわかるけれど。そんな馬鹿なところが好きだったのよと言われて笑われれば、懐深い女の潔さに甘えるほかにない。

「かおり……頼むな」

言わずもがなの言葉を口にすれば、短く刈った髪を掻《か》きながら、おう、と丈本は笑ってくれた。

「あと……なんか。片桐のことわかったら、教えて」

「うん？」

衒《てら》いのない表情に、言いにくさを堪えて告げれば少しだけ、丈本の太い眉が寄せられる。

「んだよ。……なんかあるのか？」

「んん、なんも。……でも、ただ」

俺、あいつのことなんにも知らないからと笑えば、丈本の顔はますますしかめられる。

「なーんにも、言わないから、……ちっと、混乱してて」

「……惚れてんだろ？」

そうじゃなきゃ、おまえが男相手にするもんかよと鼻息を荒くする丈本に、儚《はかな》く羽田は笑いかける。

「うん、……でも、言ってねえから」

「はっ⁉」

惚れてるなんて、きっとあいつはもう知っているだろうけれど。それでも素直に言えないのだと、しょんぼりと細い肩を落として羽田は呟く。

「それに……ずいぶん、会ってないんだ」

「――おいおい……」

なんか妙な気になるから、その顔よせや、と内心で呟く丈本の焦りを、羽田は知らなかった。

どうにもこの丈本が、弱っている女に弱い一因には、小さな頃から手の掛かった弟分を可愛がっていた悪影響もある。それでも羽田は悪ガキで、素行の悪い不良少年で、彼の「庇護《ひご》すべきもの」のテリトリーに、いるわけもなかったけれど。

本当は甘ったれで、寂しいのがなにより嫌いな弟のような少年の見せた、はっとするような憂い顔にはなぜだか苦い気分になってしまう彼の複雑さに、物思いに沈む羽田はやはり気づかない。

「……妹を嫁に出す気分だ」

「ふあ？」

だから、苦い顔をして羽田の頭を撫でた幼なじみの親心も知らず、素《す》っ頓狂《とんきょう》な声をあげるばかりだった。

＊　＊　＊

（なーんか丈ちゃんも変だったな）

まあ妙な話題をふってしまった自分も悪いけれどもと、シャワーを浴びつつ羽田は深く吐息する。

あれでは、かまってもらえなくて寂しいと言ってるようなものじゃないかと、我ながら女《め》女《め》しい思考に情けなくもなった。

だが実際、片桐とこの日会ったのだってもの凄《すご》い久しぶりだったのだ。彼の車に乗った瞬間から、期待していなかったと言えば嘘になる。

あの強烈なセックスを教えられてからというもの、自慰などまったくお笑い種《ぐさ》で、溜《た》めこみすぎたせいなのか先日などは久しぶりに夢精までしてしまった。

夢の中に当然のように出てきたのは片桐で、汗の匂いまでするリアルさだった。

――お尻、いじめて、つってみな……。

――いや……やだ、やだ……っ。

――言わなきゃやんないよ……？

あの意地悪な笑みを浮かべながらいやらしいことを言って、口づけてくる仕草も感触もひどくリアルで、羽田はと言えばあの大きな手に泣きながらずっといじりまわされて。

――やだぁ……ちょ……だい……！

恥もなく、もっともっとと腰を振って、熱い塊をねだって震えていた。

目が覚めてからもしばらくぼんやりとしてしまうほどの淫夢《いんむ》だった。それがあの日の記憶をトレースして、さらに濃厚なものになっていると気づいたときには下着の中はもう濡れそぼっていて、自己嫌悪や顔も見せない片桐への怒りやらで、頭がぐちゃぐちゃになってしまった。

「……あ」

思いだしただけで肌が震えて、まずい、と頭を振る。反応しそうになっている身体に慌てて、シャワーの温度を冷水に切り替えて頭から被《かぶ》った。

いくら何でもここで抜いていくのはあまりにあまりという気がしたし、それに。

もし片桐と――するなら、あの手の中に吐きだしたい。そういう思いが捨てきれなくて、即物的なんだか一途《いちず》なんだか自分がわからなくなりながら、ひたすらに身体が冷えるのを待ったのだった。

＊　＊　＊

風呂から上がると、ふわんと食欲を刺激する匂いが部屋に充満していた。

「あ、……なんか美味《うま》そう」

「おう、出た？　もちょっとだから待ってな」

狭いキッチンではフライパンを扱う片桐が振り返らず言う。綿のゆったりしたシャツにジーンズの姿は、スーツを着ているときよりもスタイルの良さを際だたせた。

「辛いの平気か？」

「うん。……野菜炒《いた》め？」

俺のは美味いよ、と笑う片桐は長袖のシャツを肘《ひじ》まで捲《まく》り、よ、と厚手の中華鍋を振るう。その筋肉が盛り上がっているのを見て、細く見えても力強いんだよなあとぼんやり思った。

「あとザーサイのスープと、豚のしょうが焼き……ほい、これもってって」

なにか手伝おうかと思いつつ、家では母親の作るものを食べるしかしたことがない羽田が手持ち無沙汰《ぶさた》なのに気づいたのか、大皿によそった野菜炒めを渡される。

引き戸で仕切られた部屋に戻れば、テーブルの上にはもう食事の用意が調《ととの》っており、手早さに舌を巻くような気分になる。ほどなく現れた片桐に促され、戴《いただ》きますと手を合わせた。

「う……」

一口、野菜炒めを口に含んだ羽田はその味に言葉を失った。どう？　と微笑《ほほえ》んでくる片桐に、目を丸くしながらぽつりと呟く。

「……めちゃくちゃ美味いっ」

「そりゃよかった」

調味料に詳しくない羽田にはわからなかったが、中華風の味付けの野菜炒めには本当に、キャベツやニンジンなどの適当な野菜しか入っていないのに、驚くほど美味だ。ザーサイと白菜、それと小間肉の入ったスープには白髪ネギまでのせてあり、こちらも店で出されるものにもひけを取らない味だった。

しょうが醤油《じょうゆ》で味付けされた豚もやわらかく、ものを言うのも忘れて食事に没頭する羽田の目の前で、片桐はのんびりとビールを飲んでいる。

刑事の前で飲みたいと言うわけにもいかず、ほかほかと湯気を立てる白米を口に運んでいた羽田に、ん？　と片桐は笑った。

「ちょびっと飲む？」

「……飲んだ後なんかツッコミ入れたりすんだろ」

「あ、かわいくねぇ。そんなんしねえよ。じゃ、やんね」

「うそっ！　飲む！」

差しだされたグラスを引っこめようとする片桐に、慌ててお願いしますと言うと、ひとつ頭を小突いた後になめらかに泡立つ液体が注がれた。

「うーっ！　美味いっ！」

「おまえねえ……もうちょっと遠慮しなさいよ」

いいけどねと苦笑して、生乾きの髪を乱暴にくしゃくしゃとかきまわされた。

「てっ……いいじゃん！　アンタが飲ませたんだろっ」

笑いながら、いいって言ったじゃないかと言うと、不意にその大きな手が動きを止める。

「――あ？」

どうかしたのか、と問いかければ、少し惚《ほう》けたような表情で瞬《まばた》きをした片桐は、いや、とまじめな声で言った。

「ツネ……笑うとえらい可愛いな」

「はァ……？」

またからかっているのだろうと、いやそうに眉をひそめてみせるけれど、片桐はふっとその目元を和ませ、蕩《とろ》けそうにやさしい表情で微笑んだ。

「八重歯、きゅってあがるのな。……すげえ可愛い」

「ば……」

言葉だけでなく視線でも、可愛くて仕方ないと語られて、誤魔化しようもなく顔が赤くなった。普段軽薄な台詞を連発する片桐だけれど、不意打ちのこうした表情や言葉に滲《にじ》む本気に、羽田はいつも狼狽《うろた》える。

久しぶりなのでよけいに応《こた》えた。低い声の吐息混じりの響きが、耳から入りこんで全身を包むような、甘ったるい感覚はどうしても馴染《なじ》めない。

「バッカじゃねえの……」

悪態をつく語尾が弱くなって、逸らした視線に残念そうに、片桐は小さく笑う。

「——冷めるよ。食べな」

言われて箸《はし》を持ち直しても、向かいにいる男が自分の口元ばかり見ている気がして落ち着かない。

「て……テレビ見ていいか？」

「ん？　ああ、いいよ」

気を逸らしたくて言ったそれに、気軽に答えた声音はいつもと同じ軽いもので、ほっと息をついてしまう。

「あ、負けてる……」

「勝ってる！」

八回の裏の野球中継に発したコメントが正反対で、ふと二人はにらみあった。

「……おまえ、男は巨人だろう」

「俺神奈川県民だもん。ベイスターズで決まりっしょ」

ふんと言い切った後に、『打った！』というアナウンサーの興奮した声が聞こえ、二人同時にテレビに向かう。

「うそ！　アホ!!　ざけんなーっ！」

「いよっしゃ、行け！　まわれまわれ‼」

羽田の絶叫を余所《よそ》に、今期不調と言われていた巨人の四番バッターは、ツーアウト満塁でのタイムリーヒットを決めた。二人同時にまた歓喜の雄叫《おたけ》びと悲嘆の絶叫が狭いマンションにこだまする。

「いって……ツネ、蹴るな！　八つ当たりすんな！」

「うっせえ！　むかつくーっ」

痛いと言いつつさらに相好《そうごう》を崩す片桐に、容赦なく蹴りを入れながら、先ほどまでの曖昧《あいまい》な空気が消えたことに、なぜだかひどく安堵していた。

片桐の放つ、時折に濃厚な甘い空気に馴染むのが、実際まだ怖いのだ。セックスだけと割り切れるならその方がいっそまだましなくらい、この男に摑《つか》まるのが怖い。

だってそうなったら逃げられそうにないのだ。深い情に搦《から》め捕《と》られて甘やかされることに慣れてしまったら、離れられなくなるのは自分の方なのだろうと羽田は本能的に悟っていた。

意志だって弱いし、頭も悪いし。そういえばなんで片桐は、こんな自分を追っかけまわしているのだろうと思う。

「いてって……ギブ！　……ツネっ」

笑いながらベッドの上に逃げた片桐は、乱れた髪を長い指でかき上げて、広い肩を喘《あえ》がせる。

「……ツネちゃん？」

その指の隙間から、黒目勝ちの瞳が目線をくれて、吸いこまれそうだと羽田は思った。

片桐の顔の造作は相当にいいほうだ。表情がやわらかい分普段は気づけないでいるけれど、高い鼻梁に大きめの唇と、それぞれが羽田のようにおさまりすぎず、微妙に崩れたバランスが奇妙な色気を醸しだしている。

背も高くてスタイルがいい。軽そうに見えて頭は良くて、もしかしたら将来政治家とかにもなっちゃったりするかも知れないのだ。

「……どうした？」

ふっと笑みを深くした片桐に、女々しいことを考えていた自分を見透かされたようで俯くと、不意打ちに強く腕を引かれて倒れこむ。

「！　わっ——」

勢い飛びこむ羽目になった胸からは、片桐の体臭と煙草の匂いがまじったものが立ち上る。不快ではないそれを鼻先に感じた瞬間、動けなくなった自分を羽田は知る。

「なんか今日、様子変じゃない？」

怒鳴りもせず腕の中で大人しい羽田に、なんかあったかと問いかける声が深く響く。

「なんも……ね、けど……」

「そう？　なんかツネちゃん大人しいと張り合いねえな」

笑いながら言った片桐が、自分を発憤させようと軽口を叩いたのはわかっているのに、その言葉は羽田の胸の思わないところに突き刺さった。

「俺……」

「ん？」

俺が。

俺が素直に、こうしていたいって言ったらあんた、やっぱり物足りないのか。

もしかして、言うことを聞かない相手だから、ねじ伏せたくてかまってきたのか。

「……っ、なんでも、ね……」

口から飛びだしそうな言葉はどれも情けなくて、羽田は突き放すように、恐ろしく居心地のいい胸を押し返した。俯いたままの羽田に、何ごとかを言いかけて結局やめたような気配がする。そして、ぽん、と軽く頭を叩かれ、風呂に入ってくると片桐は言った。

「あ、……じゃあ俺、片づける」

「いいよ、後ですっから」

「だって、食わせて貰《もら》ったし、それに……」

なんだか片桐は少し疲れているような気がしたので、それは素直に言うと、ふわりと目元がなごんだ。

「仕事あけ、つってたじゃん……」

「ん——まあ実はね。三日くらい寝てないから」

「は!?」

張りこみだったのよと笑った彼に、じゃあなおのこと俺がやると言い張った。皿割るなよとまた頭を叩かれ、しねえよと言いつつ、頭ひとつ高い位置にある端整な顔を見上げた。

よろしくと消える背中が広く、しなやかな腕が自分を包みこめるほど長いと今さら気づいた瞬間、息が出来ないような苦しさが胸を襲った。

あの長い腕で、広い胸の中に強く抱きしめられたいと、思ってしまったせいだ。

「……洗お」

三日も寝てなくて、それなのにわざわざ、羽田のことを迎えに来て、それで食事まで作ったりして、一体どこまで甘やかす気なのだと思う。

それでも、その事実がただ嬉しかったりするのだから、本当はもうとっくに手遅れなのだ。

本音を言えば、直情な羽田にはこの、胸をじくじくと疼かせる感情を堪えていることが苦しくなっている。半月の間顔を見られないでいたことも、片桐への気持ちをただいたずらに高めていただけだった。

それでも自分から会いに行くことや、素直になることが出来ないでいるのは、先ほど胸を突き刺した疑念がどこかにひっかかっているせいだ。

「落としたら飽きるなんて、よくあるもんな……」

自身がそうであっただけに、男のサガは知り抜いている。片桐がその例に当てはまるかどうかはわからないけれどそれでも、怖いものは怖いのだ。

だからといってあまり焦《じ》らしていても、愛想をつかされるかもしれないし。

「……どうすりゃいいんだよ……」

皿を片づけながらふと息をついて、このまま自分がどうなってしまうのかと羽田は考える。

こんな事を考えている事実が、もう既に末期なのだと、そのやるせないため息は物語るようだった。

＊　＊　＊

「お、片づけサンキュー」

「……ん」

濡れた髪を拭《ぬぐ》いながらの片桐は、先ほどと変わらない服装のままだった。ただ胸元のボタンだけは全てはだけたまま、暑い、とクーラーの前に陣取ってしまう。

「あー、すずしー……」

目を閉じて仰《あお》のいた顎《あご》に、濡れた髪からの水滴が流れ落ちて、なんだかドキリとした。気《け》取《ど》られないよう目を逸らして、布団はどうするのかと問う。

「ん、なんで？」

ベッドの下に座った片桐は、不思議そうな声を出した。

「なんでって……俺、どこに寝んだよ」

「ここ」

そして、ぽん、と背にしたベッドを預けた肘の先で叩いてみせる。

「……アンタは？」

「えー、一緒でいいじゃん」

けろりと笑われて、結局する気だったのかと身構えた羽田の腕が、強い指に引き寄せられる。

「ばっ……や、やだよ……」

抗《あらが》う声が弱く歪んで、ずきんと指の先が痛む頃には、湯上がりの体温に包まれている。自分では気づかなかったけれど、Tシャツからのぞいた腕や短いランニングパンツから剝《む》きだしの脚はクーラーの冷風に冷え切っていて、片桐のあたたかい手のひらの熱がじわりと滲《し》みていく。

「……やじゃなきゃこうしててくんない？」

けれど、膝《ひざ》の上に羽田を乗せたまま普段のふざけたじゃれ合いも仕掛けてこない片桐は、ふうっと長い吐息をした後首筋に鼻先を埋《うず》めてくる。

「……片桐？」

その整った横顔にはやはり疲労を感じて、衝動的に羽田はクセのある長い髪を抱えこみ、いつも片桐がするように髪を撫でていた。

「ツネちゃん、ほっぺやらかいな……」

高い鼻梁をすり寄せながら、囁《ささや》くような声で言った片桐の声に悲痛なものを感じて、混ぜ返すことも出来ないままくすぐったさを堪える。なにかあったのか聞いてみたかったけれど、仕事のことならばまずいかと口を噤《つぐ》んで、慣れない手つきで男の少し硬い髪を撫で続ける。

しばらく無言でいた片桐は、ふう、と息をついて、不意に真面目な声で言った。

「なあ、……頼むからもう喧嘩すんなよ」

「……え？」

いきなりなんだと眉をひそめた羽田に、俯いていた顔を上げ、今日はな、と疲れ切った声で低い声は続いた。

「張りこみ。……コロシの容疑者の家、張ってた」

「！　……そ……」

「金銭関係で揉《も》めたらしいんだけど、……そいつ、幾つだったと思う？」

逮捕してみれば十八才だったと、片桐は苦い声で言った。

「殺された方は十七だってよ。……解剖にも立ち会ったけど、ガキみたいな顔してんのにもう、死んでんの」

こんな話を聞いていいのだろうか、そう思いながらも、胸の中にたまった澱《おり》をどうにかしたいような、片桐の声が止められない。

強ばったまま大きな瞳を逸らさない羽田に、ふっと片桐は苦しげに笑う。

「ツネと同じ年かって思ったら、なんか……キちゃって」

そうして、手のひらでもう一度、やわらかいと言った頬をやさしく撫でてくる。そして、頼むから喧嘩はするなと懇願を滲ませる声で言った。

「──打ち所悪いと死ぬぞ、まじで」

「かた……」

怖いような声音に、羽田はただ真っ直《まっす》ぐに見据えてくる男の瞳から目が離せない。

頬を撫でた指が唇に触れて、センシュアルな匂いのない接触にもびくりと震えてしまう。

「俺……おまえいなくなったらって思うと怖いよ」

「なん……」

真摯な、はじめて聞くような声に驚いた羽田になにも言うなというように、長い指が二つ揃《そろ》えられて唇の上に置かれる。

「……おまえ、俺の本気信じてねえだろ」

見透かすように笑われて、ぎくりと肩を強ばらせるとやっぱりなと彼は笑った。そして、なあ、と少し色っぽいようなかすれた声で告げてくる。

「ヤダっつわれたらなんも出来ないくらい、マジんなってんだから、信じてくれな」

応えろとは言わないからと、包むように甘い声が聞こえ、羽田はくらくらと眩暈《めまい》がした。

「怪我《けが》とか……そんだけでも俺、ほんときついから」

「なん……」

気がつけば身体が震えていて、宥めるように撫でられた肩から、ざわりと血が流れを変える。

「なんで……？」

「ん？」

「なんで、そ……マジとか、……」

理由を聞きたがるなんて、女々しいとは思うけれど、本当に不思議だった。

「あー……うん、なんでか？　……俺もわかんね」

「わかっ……なあ⁉」

けれど、片桐がけろりと言った言葉には、なんだよそれはと噛みつきたくなる。目を剝いてがなろうとした唇に、しかし不意打ちで、高い音を立てて口づけられ、気勢を殺《そ》がれた羽田は押し黙る。

「強いて言えば……んー、可愛いから？」

「なんだよそりゃ……」

にやりと笑った片桐には、先ほどまでのはっとするような真剣さは見えず、あれはなにかの間違いだったのかと羽田は脱力する。しかし、喉奥《のどおく》で笑った男の腕がしっかりと背中を抱いてくるので、なんだかそれもどうでもいいような気分になった。

「だってほんとに可愛いんだもん」

楽しそうに、頬に唇を触れさせて、微妙な手つきで背中を撫でられるとどうしていいのかわからなくなる。

「……バカで単純で、考えナシでさ……でも、可愛い」

「それ褒めてねえ……可愛い、言うな……」

けなしているわりに、やさしくて低い声が心地よくて、ずっと耳元で囁いてほしいと願う気持ちが止められなくて、そんな自分が恥ずかしくて、結局は堪え性のない腕が男の首筋に絡められる。

「……んじゃ、なんて言ったらいいのよ」

くすくすと笑う声が、もういいのかと問うようだった。逃げられなくしてもかまわないかと、強くなる腕が語りかけて、羽田は小さく喉を鳴らす。

「……ツーネ？」

「お……」

耳朶《じだ》に含まされた甘い声が、不安とか猜疑心《さいぎしん》とかそういうものをぐずぐずに溶かして、胸の動悸《どうき》を早めていく。

「思ってる、こと……言や、いいだろ……」

「……ん？」

あやすみたいにゆるく身体を揺さぶられ、だから、と羽田は顔を上げる。赤くなった頬も潤んだ瞳もそのままに見上げた先で、片桐が静かに息を飲んだ。

「お……俺のこと、……す、きか、とか……」

意地っ張りの羽田がこうも直球で来るとは思わなかったのか、虚を突かれたように片桐は目を見開いて、普段は饒舌《じょうぜつ》な口を噤んでしまった。

どうなんだ、と言葉にしないまま、大きな瞳でじっと見つめていると、まいったね、と男は苦く笑った。そして、一瞬負けそうになった自分が悔しいのか、その長い親指で額を掻く。

「……言っていいんだ？」

天井に逃がしていた視線をもう一度羽田に向ける頃には、不思議な魅力を湛《たた》えた黒い瞳は強く力を持っていた。

「いいんだな？」

念を押すように告げながら、首筋に手のひらを沿わせ、額を合わせて覗きこんでくる。どうする、まだ逃がしてもやれるとその瞳は物語って、もういいと羽田は目を閉じた。

「ッ……っ」

そのまま、あたたかい呼気の漏れる唇へ、笑ってしまうほどぎこちなく唇を触れさせる。

息を飲んだ気配が目を閉じたままでも感じられ、ほんの少し小さめの口は綻《ほころ》んだ。

「いい、って、言ってんだろ……」

逃がさないと言うなら望むところだと思う。

「それともびびってんのかよ」

「……まさか」

挑むような言葉に、片頬で男は笑ってそっと、今し方はじめて羽田に触れたばかりの唇で、囁くように言った。

「……好きだ」

単純な、そのたった一言に、ぞくりと肌が粟立《あわだ》つのを羽田は感じ取る。気づかぬうちに緊張していた身体が一気に脱力して、長い吐息が零《こぼ》れていく。

「お……俺……」

そんな反応を、片桐は笑ったりからかったりもせずただじっと抱きしめてくれるから、もう意地もなにもないまま勝手に言葉が溢れた。

「俺もすき……」

こんな純情な告白、中坊の頃だってしなかったと思いながら、頼りなくなった身体が受け止められていることに安堵する。

「……ツネ」

やっぱ可愛い、なんだか苦しげな声でそんなことを言われればもうたまったものじゃない。意識しないようにしていた、長い脚をまたぐような体勢もなにもかもが胸を喘がせる。あのたった一言で、艶《なま》めかしく変化した部屋の空気に染まって、激しい鼓動が合わさった胸からも伝わってしまうのではないかと思う。

「……あ」

案の定、身じろいだ脚の間の変化は、短パンの薄い布地で誤魔化せるものではなく、小さく声をあげた片桐の顔が見られない。胸がつまったような吐息をした片桐は、しかし羽田の期待を裏切って、困り果てたような声を出した。

「……しまったなあ……」

「え……？」

そして、ベッドの上にその形良い頭を預けるように、ぐらりと脱力してしまう。

「ど……どう、したんだよ？」

予測と違う行動にこちらも困惑しながら片桐の顔を覗きこめば、いやあ、と悔しげな声を出した片桐は、とんでもない台詞を口にした。

「——俺、今日、役にたたなそうなんだよねー……」

「……あ!?」

「あー……めっちゃくちゃ悔しい……！」

なんだそれはと言いたいのに、もの凄い力で抱きしめられ、羽田は言葉を発することが出来なかった。

「だってさあ、おまえ、この状況なら無体もせずに済むかと思ってたわけじゃん、俺としては……」

「無体……ってな……」

「けど、可愛いツネの顔だけでも見てえじゃねえかよー……あー……くっそ予想外……」

なにをそんなことでそんなに悔しがるかと呆れるように思いつつ、気持ちはわからないでもなかった。そして、そんな馬鹿な気を遣うほどには本当に、大事にされていることがくすぐったく恥ずかしくて、けれど嬉しい。

しかめ面のまま目を閉じた片桐の瞼《まぶた》の下、くっきりと残る疲労の色に、徹夜は三日と言っていたかと思いだす。

「……しょーがねんじゃん……」

ほんの少し、いやかなりがっかりはしたけれど、疲れた身体に無理を押してまでとは思わないし、今ならまだ引っこみはつけられる――と、思う。

「大体かっこつけすぎだよ。インコー刑事のくせして」

だから、これ以上身体が盛り上がらないうちにと思い憎まれ口を叩いて身体を離そうとしたのに、ベッドに頭を預けた片桐は薄く開いた瞳でこちらを見ながら、短パンからすらりと伸びた脚に触れてくる。

「……っ！」

あたたかい手のひらに撫でられて、びくりと息を飲んだ羽田が逃げを打つ前に、長い腕はその腰を抱き寄せる。

「な……な……」

しないんじゃないのか、そう言いたくても内腿《うちもも》をゆるく撫でてくる手のひらに気が行って、上手《うま》く言葉が繋《つな》げない。

「や、やばっ……は、離せってっ！」

「——ツネ」

艶めかしいような声で名前を呼ばれれば、頭とそれから、最も素直な部分に血が集まった。

「変に聞き分けよくなんなよ……寂しいから」

「なに……だ、だ、て……」

あげく、這《は》い上がった手のひらは膨らみはじめた部分を撫でまわすから、いよいよ腰が揺れてしまう。

「や……っ」

やめろと言うつもりの言葉は結局、喉の奥に引っかかって出ていかなかった。そこまでいい子になるには、あまりに羽田は快楽に弱かったし、ましてずっと触れて欲しかった片桐の手を、拒めるはずがなかった。

「なんだ……きつそうじゃん、やっぱ」

長い指は、主張をはじめたそこの形を辿《たど》るように輪郭を撫でる。じん、と腰の奥に走った痺《しび》れに、先の方からなにかが滲んでくるのを羽田は感じた。

「あ、やっ！」

もう一つの手のひらが、Tシャツの下で密かに尖っていた胸の上を探り当て、長い指はそれを愛《いと》おしむようにつまんでは引く動作を繰り返す。かくりと腰が抜けて、片桐の肩に両手で縋《すが》ると、欲しがっている唇にすぐ、なめらかな舌が触れてきた。

「う……んう、ふ、ンむっ……」

舌を擦《こす》り合わせるような激しい口づけに、羽田はがくがくと揺れる腰を、もどかしい熱を持て余す。

「ツネ……？」

「ん、んあ……？」

呼びかけられ、夢中になって閉じていた瞳を開くと、片桐は先ほどまでの口づけで濡れた自分の肉厚の唇を、その長い指でとん、とつついて示す。

「ここ、使ってイきな」

「……え？」

　言われたことがよくわからず、ただ淫《みだ》らな予感に濡れた瞳を瞬かせると、片桐はひどく蠱《こ》惑《わく》的な低い声で、マジで身体しんどいからと苦笑した。

「あんまサービスしてやれねえからさ。ここに入れな」

「な……はぁ⁉」

　そして、胸と脚の間に這わせていた手をいきなり離して、もたれたままのベッドに両肘をかけてしまう。そのアクションに、ようやく促されている行為の意味がわかって、羽田は頭が沸騰するかと思った。

　自分で。

　片桐はなにもしないから、その唇に自分で、この高ぶったものを含ませて、勝手に動けと言っているのだ。

「へ……」

　親切ごかしに言ってはいるが、ろくなもんじゃないと羽田は眩暈さえ起こしそうな気分で叫ぶ。

「へ……ンタイ……ッ！」

　あげく、もう後戻りできない程度に中途半端に煽《あお》ってくれて、情けなさに泣けてくる。

「なんとでも……で？　どうすんの？」

罵《ののし》りにも平然と、ベッドに肘をついた。長い指に傾けた顎を預けた片桐は、悪魔のような微笑で誘い、薄く唇を開いて舐《な》める。その赤い舌が見えた瞬間、痛いほどにそこは疼いて、結局あと数秒で、この男の言うとおりにしてしまう自分を羽田は知る。

「……ツネ？」

もう一度名を呼ばれたらもう、その首に縋るしかできなかった。


自分で脱ぎなと言った男は、徹底的に動くつもりがないようだった。しかし実際、怠惰に伸ばされた長い脚の間にはなんの変化も見つけられず、自分ばかり高ぶっている恥ずかしさに羽田は死にたくなってくる。

「……いい眺めなんだけどなー……」

見つめてくる視線の中に熱はあるけれど、やはりどこか疲れが見えて、そんな相手にこんなことをさせてもいいものかと思いながら、丈の長いTシャツはそのままに下着ごと短パンを膝まで下ろす。その瞬間空気に触れた性器がひんやりと感じ、既に濡れて張りつめているのが苦しかった。

「……もっとこっち」

ほら、と口を開けた片桐は、それでもさすがに躊躇《ためら》う羽田が泣きだしそうな顔をしているのに気づき、自分から腕を伸ばしてきた。

「ひっん……」

脚を撫でられただけで震え、どうすればいいと見下ろすと、自分の頭に手を置くようにと片桐は促してくる。

「……好きに動いていいから」

先端に軽く口づけられて、がくんと腰が跳ね上がった。弾みで押しこまれた先、片桐の舌がぬらりと絡んできて、どうしようとか恥ずかしいとか考える前に、反射的に腰が揺れてしまう。

「あ……あ、ひあ……っ」

この間抱かれたときにはその口をすぼめたり吸い上げたり、風俗ばりのテクニックで羽田を翻弄してくれた片桐は、本当に言葉通りなにも仕掛けてくる様子がない。ただ緩慢に、時折舌をあててくるだけで、生温《なまぬる》い刺激によけいつらくなってくる。

「――っく、ひぃ……」

もう本当にダメだ、そう思った瞬間、ひとりでに腰が動きはじめた。片桐を見ると、ふっと一瞬瞳を笑わせその後長い睫毛《まつげ》を伏せた表情に、ぞくぞくしたものが背中を駆け上がってくる。

「う、あ……かた、片桐……ぃっ」

名前を呼んで、指を差しこんだ髪をかき乱しながら、濡れた粘膜に含まれたそれをどうにかしてと、次第に切なくなる吐息を零して羽田は片桐の口腔を犯す。

「あ、ん、……んあんっああん！　――ああっんんっ！」

ぐじゅ、と音を立てて片桐の唇から溢れていく体液が、鋭角的な顎を汚している。少し苦しそうに寄せられた眉が影を作って、その厚い唇に自分のものが出入りしている光景が、しているこの呆れるほどの淫らさと相まって、羽田を勝手に高ぶらせていく。

「い……ん、かた、かっ、たぎり……っ！」

名を呼び、黒い瞳を開いた彼が目顔で問うのに、上擦る声で羽田は言った。

「どっ……どこでも、い、……どっか、触って……っ」

哀願するようなそれに、ふっと彼は笑ったようだった。一瞬すぼまる唇に腰が抜けそうになった瞬間、Tシャツの後ろを捲り上げるようにして、片桐の左手に小さな尻が撫でられる。

「あ！　……ああ、あ……！」

直接的な刺激とは違うけれど、冷えた肌を大きな手のひらに包まれる感触はたまらなく快く、ため息のような喘ぎを洩《も》らしてしまう。ねだらずとも、ついで右手は堪えるように痙攣《けいれん》している脚の上を這い、崩れそうな身体を支えるように力が込められた。

二の腕が、くっと筋を浮き上がらせて、その形が好きだと羽田は思う。

「んは……っ、は、あ、は……っ」

裸の胸とか、肩とか、そんなものが見たくなって、身体を折るようにして片桐のはだけたままのシャツを少し開かせた。現れた、自分よりも濃い色の肌に、じんわりとした欲情がこみ上げてくる。

男の身体を見て発情する日が来るなどとは思わなかったと、どこか呆然《ぼうぜん》としながらも、この身体の形を知った日に強引に覚えさせられたもう一つの感覚が、物足りなさを訴えてくる。

「あ……っ、あ、あ！」

やわらかい丸みを静かに撫でている、この長い指が欲しい。赤く靄《もや》のかかる思考の中で、確かに羽田はそれを自覚する。

――お尻、いじめて、っってみな……。

夢の中で囁かれた言葉が不意に脳裏をよぎって、その瞬間身体の奥深くが、きゅうっとなにかを挟むようにきつく収縮したのを知った。

「っくしょ……も……っ」

そして、ぬるつく口腔に含まされたそれだけでは、もはや到達できない自分を、諦《あきら》めや怒りやさまざまなものが綯《な》い交《ま》ぜになった感情と共に認めてしまう。

「……なあっ……」

もうヤケのように、焦れた感情のまま声を出すと、片桐が目線をまた上に向けてくる。

「ン？」

「ほ……とに、ダメ……かよッ⁉」

なにがと言うように瞬きをする片桐だが、その間にも尻を撫でる指は止まらない。いい加減わざとじゃないのかと羽田は思いつつ、いよいよ激しく疼きはじめたそこがつらいと告白する。

「……も、や……これじゃ、も……っ」

ぎゅ、と髪を摑んで、頼むから、泣きだしそうな声で結局、夢の中の片桐に言わされた台詞をそのまま、口にした。

「おし……り、いじめて……っ！」

言った瞬間、俺はバカかと身体中が熱くなって、目尻がじわりと滲んでしまった。

「──あっ」

けれど、笑いも驚きもしないまま、唇からのぬめりを借りた指がそこに触れたのに、なにもかもがどうでも良くなってくる。

「……ったく……この、スケベ」

「ひっん……！」

一瞬唇を離した片桐が告げた言葉に、悲鳴じみた声を上げて泣きそうになる。けれどそのまま、あの長い親指を押しこまれ、言い訳もなにも吹っ飛んだ。

崎谷はるひ[トリガー・ハッピー①]
ill.冬乃郁也 ●580円(本体価格552円)
砂原糖子
[ファントムレター]ill.広乃香子
●600円(本体価格571円)
神奈木 智
[橙に仇花は染まる]
ill.穂波ゆきね ●560円(本体価格533円)
一穂ミチ
[off you go]ill.青石ももこ
●620円(本体価格590円)
高峰あいす
[恋する人魚]ill.緒田涼歌
●580円(本体価格552円)
《文庫化》愁堂れな
[たくらみは傷つきし獣の胸で]
ill.角田 緑 ●580円(本体価格552円)
3月刊
毎月15日発売
幻冬舎 ルチル文庫
2012年4月15日発売予定 予価各560円(本体予価各533円)
崎谷はるひ[エプリデイ・マジック—あまいみず—] ill.鹸ヨウ
きたざわ尋子[甘くて傲慢] ill.神田 猫
秋山みち花[恋はおとぎ話みたいに] ill.高星麻子
ひちわゆか[暗くなるまで待って] ill.如月弘鷹《文庫化》
桜木知沙子[ジングル・ジャングル] ill.梶川にき《文庫化》
神奈木 智[嘘つきな満月] ill.しのだまさき《文庫化》

Webスピカ 4月号
210円（税込）
2012年3月28日(水)配信
http://www.gentosha-comics.net/genzo
モバイル版はコチラから！
花族ワルツ
碧せぴんく
表紙で登場！大正浪漫活劇!!
みどりと智尭、ふたりの距離は急速に縮まり――!?
他、豪華ラインナップで連載中！
【うづきはまた明日】紺野キタ
【エリュシオン―青宵廻廊―】市東亮子
【カラマーゾフの兄弟】及川由美
（ドストエフスキー「カラマーゾフの兄弟」より）
【Under the Rose ～春の賛歌～】船戸明里
ヘタリア Axis Powers
旅の会話ブック ドイツ編
ビール祭り《ドイツ》で乾杯だ！
これ1冊でドイツ旅行気分が味わえる!?
ヘタリア×旅行本、ドイツ編が遂に登場!!!
3月28日発売
3月28日発売
ヘタリアAxis Powers
ARTBOOK ArteStella Piccolo
日丸屋秀和
買い逃したファン必携！日丸屋秀和先生の超美麗イラストを多数収録した"ヘタリア画集"の普及版が、お手軽サイズになって登場!!
《書籍》●A5判●1470円（本体価格1400円）

ヲル「拝啓、兄さん様」
メ子
【大好評連載陣!!】
日高ショーコ
葉芝真己
山本小鉄子
せら／花田祐実
ARUKU
テクノサマタ
四宮しの／平喜多ゆや
木々／蛇龍どくろ
南野ましろ／秋葉東子
ひちわゆか＋本木あや
神奈木智＋鈴倉 温
きたざわ尋子＋浅田めいこ
崎谷はるひ＋街子マドカ
【シリーズ読みきり】
三池ろむこ／来楓直／富士山ひょうた
永住香乃／三崎 汐【読みきり】
子★ピンナップ／穂波ゆきね
ルチル vol.47
予価680円
(本体予価648円)
キュート&スウィートなボーイズコミック♥
◆奇数月22日発売◆隔月刊
3月22日発売予定!!

(応募者負担あり)

表紙イラスト図書カード応募者全員サービス!!

ログ] http://www.gentosha-comics.net/rutile/blog [ルチル編集部ツイッター] @rutile_official

2号連続、永久保存版!
コミックス第2巻発売記念!!
日丸屋秀和大特集【後編】!
コミックス最新刊第2巻と連動応募者全員サービス!!
美味しいラブ・アフェア・ストーリー!
KUJIRA
新連載スタート!
[てのひらのパン]
巻頭カラーで登場!
ふみふみこ
[そらいろのカニ]
日丸屋秀和
[ちびさんデイト]
いくえみ綾
[トーチソング・エコロジー]
村上真紀［キミのうなじに乾杯! R］
新井理恵［お母さんを僕にください］
平尾アウリ［OとKのあいだ］
石川ちか［KOBAN］
羽田伊吹［蜜味ダーリン］《最終回》
秋吉風鈴
［GOSENZO ～雛森家の日常～］
小橋ちず［クロスドミナンス］
《最終回》
三津キヨ［筆をはらえば］
★リレーエッセイ 杉基イクラ
comic スピカ [Spica]
March. 2012
No.6
●書籍扱い●A5判●819円（本体価格780円）
2012年3月28日(水)ごろ発売!!

2012年3月　新刊のお知らせ
3月24日発売
夢中ノ人 3
田中鈴木
葛藤しながらも、壮太への気持ちに気づく灯司。しかし、夢を見続けたいと願う冬生によって夢の世界にも変化が！
バーズコミックス ルチルコレクション
●B6判●620円（本体価格590円）
キッズログ 2
葉芝真己
弟の子・亮太を引きとった人気作家・燈利。亮太がなつく金髪の保育士・祐司も同居中。ある日祐司に引き抜き話が持ち上がり…!?
バーズコミックス ルチルコレクション
●B6判●680円（本体価格648円）
《執筆陣》
星野リリィ・秋葉東子・上田信舟・おがきちか・鰍ヨウ
カスカベアキラ・九號・桑田乃梨子・高河ゆん・斎藤岬
さかもと麻乃・左近堂絵里・高星麻子・テクノサマタ
日高ショーコ・平喜多ゆや・船戸明里・ふみふみこ・森島明子
そのほか、豪華執筆陣によるカラーイラスト&コミックアンソロジー！
バーズ エクストラ●A5判●予価945
田倉
巻頭カラー
センターカラー
モチ
九號
最終回
吹山
奥田
★表紙／秋葉
3月24日発売
こいし恋いし
2《完結》群青
長十郎たちの前に現れた、もう一人の妖精。その妖精はどうやら、こいしを探しているようで？ 植物系学園ファンタジック、完結！
バーズコミックス ガールズコレクション
●B6判●650円（本体価格619円）
『輪《まわ》るピングドラム』全24話のデータベース+ファンブックを合わせ
輪《まわ》るピングドラム
公式完全ガイドブック
生存戦略のすべて
全話ストーリーダイジェス
キャラクター解説、スタッフ
ングインタビューなど、本書
テリー作家の辻村深月と監督
ペシャル対談も収録！
《書籍》●A4判
●2940円（本体価格2800円）
最新情報
[ルチル編集

「疲れてるってのにもー……」

「いあ、あ、ん、ひっ……い、い、いっ！」

ぐり、と押しこまれた内部は嬉しそうに片桐の指をくわえこみ、結局はその器用な舌が早くしろと促してくるのを震える性器は泣いて喜ぶ。

「だっ……だって、アンタが、したんじゃん……っ！」

「ま、そーだけど……」

覚え良すぎるぞと笑われて、軽く咎めるように先を噛まれて、声もないままびくびくと身体が震えた。

うずうずと揺れ続ける腰の奥に、二つ目の指が差しこまれて、それでも全然痛くもない。

「はあ、あ……あ、も……も……！」

喉の奥まで含まれながら中で指を擦り合わせるようにされると、もう立っていられなくなる。

「も、やー……あ……」

甘ったれた声を出して崩れ落ちる身体を、吐息した片桐はもう一度膝の上に乗せる。

「……顎疲れた」

「あっ、あっあっ……やあ……っ」

ぼそりと言いながらそれでも脚の奥をいじりまわす指は止まらず、男の首に縋って羽田は言った。

「な……なあ……っ」

「んー？」

Tシャツの下にくぐった指が、ねだるより先に胸を撫でまわすので、声音は潤んで媚《こ》びを含んだ。そして、指を入れられた腰の下にある片桐の静かなそれに、そろりと手のひらをあてがってみる。

「なっ……舐めてもダメ？」

「……あん？」

ひっきりなしの甘い吐息と涙目で訴えて、硬い器用な指が動いているそこを、物足りないと食いしめた。

「俺、するから……これ、……これ……欲しい……」

ほんのわずか、撫でる指先に伝わった熱さに乾いた唇を舐めるその表情に、片桐は苦い顔をして吐息し、その後で。

「……殺す気かよ」

呟きつつも片桐は羽田のシャツを捲り上げ、袖を抜くように促した。

「……だめかよ……？」

「俺、腹上死させられそうだな……ツネちゃんに」

脱がされたシャツを床に放って挑むようににらめば、喉奥で笑って負けたと片桐は言う。

「んじゃ……頑張ってその気にさせてみ」

言っておくが無駄かもしれないぞと、くっと唇を歪めた男は、怠《だる》そうにまたベッドへともたれてしまう。その唇から喋《しゃべ》るたびにのぞく舌を、シャツのボタンを外しながら、羽田は懸命に舐めた。

「んー……」

焦る手つきでシャツを脱がせ、細身で筋肉質の身体に手のひらと舌を這わせながら、ジーンズの硬いボタンを外し、ジッパーを引き下げる。下着は、口にくわえて引きおろし、そこにあるまだ力ないものをそっと、両手で包んで口に運んだ。

「ふ……」

含んだまま舌に乗せてみると、ひくんと震えたのがわかった。少しは感じてくれているだろうかと思いながら、教えられた通りのやり方を思いだしながら吸い上げる。

「ん……ん、……んっ」

含みきれない時には指を使って、大事に舌で転がして、ラインを辿るように唇を這わせた後にもう一度、小さな口には苦しいほどのそれを深く飲む。

反応は鈍かったけれど、確かに熱く硬くなっていくのがなぜか嬉しい気がして、息苦しさも、次第に濃くなってくる潮の味も気にならない。

「ふぅ……ん、うン……ッ……」

猫がミルクを舐めるように、音を立てて舐めまわす。ふっと頭上で片桐が息をついて、どうだろうと思いながら見上げれば、眇《すが》めた視線がじっと見つめているのに気がついた。

「……見んな、よ……」

急に恥ずかしくなってぽつりと言えば、さっきおまえだって見てただろうと笑われた。

「そ、だけど……」

目を伏せ、もう一度と口を開けると、もういい、と長い指が顎を捕らえる。まだ完全には熱くなっていないのにと思って顔を上げると、濡れそぼった唇を指が宥めた。

「口ちっちゃいんだから、疲れるだろ」

「え……でも」

そして、脇に腕を差しこむようにして起きあがることを促される。向かい合うように座らされて膝を立てさせられ、少しの間放って置かれた場所をやさしい手つきで撫でられた。

「ンッ……」

ぞく、と震えた身体の奥に、するりと片桐の指が入りこんでくる。しっとりしたものが塗りつけられる感触に、いつの間に用意したのかと思ったけれど、そういえばくわえている間になにか探している気配がしたような。

「んふっ、あっ……つめたっ……」

「……もう、入るよ」

潤滑剤を丁寧に施すそれに、少しおさまっていた欲望が再び肌を舐める。

「ん……ん、ほ、……と？」

「ホント。……もうちょいこっち、脚、ここな」

溢れそうなくらいにたっぷりと濡れたそこから指を引き抜かれ、腰を抱かれて引き寄せられ、大きく開いた脚が片桐の身体の後ろにまわされる。座ったまま入れられるのははじめてで、どうなるのかなとぼんやり思った。

「――あ……」

指で開かれながら、塗りつけられたものがじわりと内壁を滑って落ちていく感覚の後、それをふさぐなにかが触れる。

「ああ……あ、あ！」

先端をそこに感じただけで、素直すぎる身体は喜んでそれを甘噛みする。途端、ぐんと強ばった感触がして、片桐が小さく舌打ちするのが聞こえた。

「……ツネ、マジで俺がはじめてかよ……？」

「つな、んだよぉ……っ」

随分な台詞にむっとなりながらも、半ば最奥《さいおう》に潜りこんでくるものに気を取られ、羽田の抗議は甘くかすれる。

「ど、ゆいみ……あ、……あ！　っぁん！」

「オトコよろこばすの上手すぎんぞ、おまえ……」

言うなり、少し不機嫌になった片桐が上から押さえこむようにして熱くなった性器をねじこんでくる。

「あは……あ！　……イイ……っ」

最奥にいきなり突き当たるような衝撃を感じて、頭まで痺れるような感覚が訪れる。裸の胸がぴったりと合わさるように抱きしめられ、その肌の擦れあう感じがたまらない。

「うん、うぁん、……んっんっんっ！」

ぞわっと背中を這う快感にもう堪えきれずに腰を揺らすと、ちょっと待てと言ったのは片桐の方だった。

「いっ！　きっつ……痛えって、ちょっとゆるめろっ！」

「やあ、だ……っだって……っ」

「って、これじゃどーもこーも……ツネッ、落ち着け！」

こら、と揺れる身体を押さえられ、開いた脚の間を咎めるようにきつく握られる。

「や、や……っ！」

「ヤ、じゃねえよもう……」

涙目になって見上げると、やわやわとそこを揉みしだかれ、喘ぐ胸を舐められた。

「イ――あ、ン……！」

急《せ》いていた身体から、かくん、と力の抜けた瞬間を見計らったように、片桐は下から腰を突き上げてくる。

「あー！　……あ、ああ……っ！」

「……おまえ、女にいつも勝手すんなって言われたろ」

「なっなんっなんでっ……？」

なんでわかると目を丸くすれば、この野郎と片桐は苦く笑った。

「……よくしてやるから、焦んないでいいよ」

結局答えらしい答えは口にせず、仕方がないと口づけてくる。痛いくらいに舌を吸われて、ぼうっとなりながら無意識に、片桐の動きを真似てそれを絡め合う。

「……力抜いて、ぼーっとしてな」

「ふう……ん、ふ……あ、う、ああう……っ」

ゆらゆらと揺するようだった動きが少しずつ淫らさを増して、下腹部を圧迫する片桐を、言われたとおり締め付けないよう身を任せると、その形や大きさや、力強い脈動がよくわかった。

「んあ……あ、あー……」

肩に頬を預けたまま背中に縋り、甘ったるい声を漏らしていると、気持ちいいかと訊《たず》ねられた。

「うん……うん……」

意識が飛ぶほどの強烈さではなく、やさしくゆるやかに追い上げてくるそれには、背骨が溶けだしそうな気分になる。

「こ、ゆのも……あるんだ……」

ふわんとした気持ちになって揺らされて、このまま腰をまわしてみろと促され、言葉に従った瞬間に体内が丸く擦られた。

「ひ、あん……」

「どうよ……?」

「あ……っ、あ、んあん、あん……っ」

激しいそれよりもなぜか密度の濃い快感が、爪の先からねっとりとこみ上げる。ただため息と、喘ぎしか羽田の唇からは零れず、何度も息をつめながら片桐の与えるそれを味わった。

「こういうのスキ?」

背中や髪を甘やかすように撫でながら、うん、と頷いた羽田へ幾度も口づける片桐に、思考の蕩けたままの小さな顔は、甘えきった笑みを無意識に浮かべる。

「……すきー……」

そのふにゃりとした、いっそあどけないような笑みに息を飲んだ男は、片方の眉を跳ね上げる表情で深く息をつき、紅潮した頬を両手で包んで、唇を合わせるだけの口づけをした。

「ったく、もー……」

「ん、なに、……あっ⁉」

じん、と痺れた身体の奥で、急速に膨れ上がった片桐に驚く暇も与えられず、膝裏にあてがわれた腕でさらに脚を開かされた。

「……あ！　あぁ……っ！」

そして片桐はゆるやかだった動きを一転し、両腕で腰を摑んでは引き落とすような、深い抽挿を繰り返してくる。

「いやっ、あ……急……あ！」

じわじわしたぬるい快楽に浸っていた身体が、いきなりの刺激に驚き戸惑う。それでも既に馴染まされた性器は、容易に身体を出入りして、羽田はただ喘ぐしかできない。

「なん、あ、なに……あ！　やー……！」

「……いじめてっつったろさっき」

いきなりの片桐の変化に気持ちがついていけなくて、どうしてとかぶりを振ればそんな言葉が返ってくる。耳朶を噛みながらの揶揄《やゆ》に、かあっと身体中が染まるほどの羞恥《しゅうち》と、紛れもない快感が同時に湧《わ》き上がる。じわ、と涙の滲んだ瞳でにらむと、意にも介さず笑われた。

「恥ずかしい？　……恥ずかしいよな、そりゃ」

「や……やー……なんで……っ？」

突然意地の悪くなった男に、それでも喘がされながら泣きだすと、獣めいた仕草で頬を舐められた。

「ひっう……」

「……泣いても可愛いだけだぞ」

許しちゃやらないよと、さらに動きを速めた男は少し笑って言った。

「あう！　んん！　……ッや、あー……！」

逃げようとする身体が床に倒れこみ、上から覆い被さった片桐の腕にたわめられて、それでも頭をぶつけないようにと手のひらが後頭部を包んでくる。

「よく、わっかん……ね……も、……も……！」

泣きじゃくりながらそれでも、もう片桐をはね除《の》けることも考えられずに汗の流れる首筋に縋って、抉《えぐ》られるリズムに合わせて腰を動かした。

「……てめっ……ホン……、……ばか……！」

本当に俺のことが好きなのかと問いたいのに、身体が揺さぶられて舌を噛んでしまいそうで、言葉足らずな罵りしか口に出来ない。

「……そのバカが好きなくせに」

「う……っ」

言葉で身体でからかっていじめて、それなのに視線だけ、どこまでも甘くやさしくて混乱する。

「や……やさしく、しろ、よお……っ」

どうしていいのかわからないまま本気で泣きだせば、ぎゅうっと強く抱き寄せられる。

「——好きな子っていじめたいじゃない？」

「……あっ、あっ、あっ」

含み笑って囁かれ、ねえ、と腰を送りこまれて、泣き濡れた頬を胸に寄せる。鼓動と汗の匂いと、片桐の低い声に包まれて、なんだかもうどうでもよくなる。

「そんで……泣いた後やっぱり可哀想《かわいそう》で、自分で慰めるんだけどねえ……」

「やん……そこ、……じったら、やだ……っ」

両胸を指でこねまわされ、きゅんと疼いてたまらない。

「聞いてねえだろ、ツネ……飛んじゃってんな」

しょうがねえなと笑われて、その振動が繋がったところに響くから、なんだかわからないと答えるのは大きく震える肌の動きだけになる。

「音、すげえの……わかる？」

「ひゃ……だ、やだぁ……！」

ひっきりなしのぬめった音と喘ぐ声が混ざって、淫猥《いんわい》な響きを奏でている。自分の身体の奥がどういう状態だとか、いやらしい言葉で教えられて、靄のかかった意識がもうそれだけになっていく。

「も……だめ、も……！」

「いっちゃう？」

「い……いっちゃ……いっちゃう……いく……！」

いきなり、唆《そその》かすような声に誘われて、堪え続けたものが駆け抜けていく。

「ア――あ！　あ！　……あ……！」

がくがくと激しく背中を跳ねさせ、間欠的に吹き上げる体液を長い指に搾り取られて、身体が浮き上がるような感覚に飲みこまれた。

「――はあ、は……」

呼吸さえ忘れていたことに気づいたのは、耳鳴りがして徐々に五感が戻ってきてからのことだった。床の上に汗ばんだ身体を投げだし、痺れきった指先から少しずつ血の気が戻ってくる。

「……よかった？」

「ん……？」

まだ浮遊感から戻りきれない意識をつなぎ合わせると、身体をほどいた片桐が額に貼りついた髪を撫でてくれた。しかしどこか釈然としない感じがして、力なく視線を下に向けると、片桐のそれが目に入ってしまう。

「……え……」

終わってない、気づいた瞬間起きあがろうとするが、頭がくらくらして駄目だった。

「寝ときな、まだ」

「……だって、……それ、どうすんの……？」

「んー、……ほっときゃおさまるんじゃない？」

飄々《ひょうひょう》と言った男に、それはないだろうと言いたくなる。荒かった息をどうにかおさめて半身を起こすと、既に事後の風情で煙草をくわえた男は気にすんなと笑った。

「……俺、よくなかった？」

少し不安で問いかける。いいやと片桐は言うけれど、羽田は納得できなかった。

「じゃ、なんで……やめんの？」

「……なんでってなあ」

火を点《つ》けないままの煙草を指に挟んだままつめよった羽田の髪をくしゃりと撫でて、まだ足りないのかとからかうように笑う。

「ちがっ……」

かっと熱くなった頬を軽く手の甲で叩かれ、冗談だと片桐は言った。

「最初に言ったろ、今日はあんま役にたたねって」

疲労で感覚が鈍っているから、これ以上は仕方がないのだと教えられる。釈然としないまま眉根を寄せると、若いからわかんねえかと苦笑された。

「……全然ダメなのか？」

「んー……そでもないけど。付き合ってるとおまえが壊れるからな、やめとこ」

そして、少し躊躇った後の答えに、結局羽田の身体を気遣ってやめたのだと教えられてしまう。

「だって、こないだ……もっとしたけど別に……」

「あん時ゃもちょっとペース速かったろ」

ベッドに乗りあがり煙を吐いた片桐は、こっちに来いと腕を伸ばして羽田を抱き寄せたまま横になる。

「……今日ちっとしつこくしたから、もう無理だろ？」

「――ひあっ」

軽く指を含まされると、確かに少しひりつくような痛みがあった。

「な？」

そうして頬に口づけられ納得はしかねるものの、余韻が冷めてしまえば一度きりでも凄《すさ》まじかった官能の深さに、泥のように重い身体を自覚する。

「もともとするつもりなかったし……それよか眠いわ俺」

指の先で煙草をもみ消した片桐は、ふわ、と軽い欠伸《あくび》をする。

「え、ちょ……このまま寝んのか……？」

「んー……」

長い腕に抱きこまれたまま問いかければ、もう生返事しかない。すうっと落ちた瞼は、三日寝てないと言った言葉通りに色濃く疲労を表している。

「だーめだ……目、開かね……」

「……あああ、も……」

いくらなんでも素っ裸はまずいだろうと、どうにか身体の下になった上掛けをかぶせると、とろりとした声で名を呼ばれる。なんだよ、と答えて腰に絡んだままの腕を払えず隣に横になれば、胸にすり寄せるように片桐の頬が触れてくる。

「……起きたら……リベンジあり……？」

「あ？」

「眠くなったらなんかこー、やっぱ勿体《もったい》ない気が……」

うう、とうなりつつ、無駄に元気なそれが脚に触れ、羽田は呆れつつも赤くなる。

「……バカじゃねーの……」

「ツーネー……つめてえよ、彼氏に向かってさあ……」

愚図るように下らないことを言ってくる大の男を、しかし結局振り払いきれず胸に抱いては髪を撫でる。

「誰が彼氏だよ……」

言い返しても、もう深い寝息しか返っては来ない。

平和な寝顔を隣で眺めながら、次第に重くなってくる瞼が熱く感じて、幾度か振り払うように瞬きをした。

かっこいいのか、悪いのか、賢いんだかバカなんだか、本当によくわからない男だと思う。

それでも、眠る時間が惜しいほどにその顔を眺めていたい自分がいて、一番バカなのは俺かなあと、おかしさがこみ上げてきた。

「……まあ、いっか……」

睡魔に押された瞼を閉じると、口元には幼い笑みが浮かぶ。それも次第に深くなる呼気にゆるみ、ほどけていく。

目が覚めて、自分がまだその気であるかどうかはわからないから、片桐のリベンジが成るかどうかはわからないぞと思いつつ。

強引にでもその気にさせるであろう年上の彼氏に、今度はどんな目にあわされるのかとほんの少しの期待と怯《おび》えと好奇心を抱《いだ》いたまま、羽田は夢の中に落ちていった。

プリーズキスミー

冷房の効いていない教室の中は蒸し暑く、下敷きやノートで蒸れた肌を扇《あお》ぎながら、退屈な授業をやり過ごすしかない。リーダーの訳文を読み上げる女生徒の声に眠気を誘われて、組んだ腕の中に頭を伏せた羽田《はねだ》は、ちらりと自分の腕時計を眺め、後三十分かと吐息した。

六限目まで真面目に授業を受けるのは久しぶりだと思いつつ、二の腕に触れる前髪の感触に頰《ほお》が熱くなる。

——……ちゃんと、ガッコ行っておいで。

今日明日は休みで、このまま家にいるからと、低い声で囁《ささや》き前髪を撫《な》でた男の指の長さを思いだしてしまったせいだ。

今朝は、片桐《かたぎり》のマンションから真《ま》っ直《す》ぐに登校した。目覚ましもかけずに眠ったのに、しっかり朝のホームルームに間に合う時間に片桐に起こされ、ぶつぶつ言いながら身支度をさせられたのだ。促されてシャワーを浴びて出てくれば、昨晩コーヒーに濡《ぬ》れた開襟《かいきん》シャツとズボンは既に乾いており、朝食の支度まで出来ていた。

くたびれているんじゃないのかと眉根《まゆね》を寄せる。向かいでトーストを囓《かじ》りながら案の定何度も生あくびをする片桐がいて、寝てればいいだろうと思うのに。

――したらおまえ、さぼるだろ。

切り返されて口を噤《つぐ》んだ羽田に、煙草をくゆらせた男は真面目にしなさいと笑う。

――ツネちゃん帰ってくるまでに、寝て回復しとくから。

あげく、起きたらリベンジなんて殆《ほとん》ど夢の中の台詞《せりふ》だと思っていたのに、あの男はしっかりそれを覚えていて、起き抜けにしては随分と濃い口づけまでくれた。コーヒーの味が消えるくらいに口の中を舐《な》めまわして息を上がらせて、ついでのように胸を、尖《とが》って疼《うず》く感じがするまで制服の上から撫でまわしておいて、時間だからと突き放す。

――逃げんなよ……？

涙目になってにらんだら、濡れた唇をぺろりと舐めてみせながら、片頬で笑ってまた煙草をくわえてみせる。手付けだと、あっさり笑って片目をつぶった男の腹に一発拳《こぶし》を入れてから、来るもんかと叫んでドアから駆けだしたけれど。

気がつけば、言葉の通りに真面目に学校に来て、それでいながら放課後まであと何時間、と数えているのだ。

しょうがねえじゃん、伏せた顔をしかめつつ、耳まで赤くなって、仕方がないと羽田は誰にともなく言い訳する。

実際しょうがないのだ本当に。羽田は気持ちいいことには死ぬほど弱いし、あの男に触れるのは意地もなにもなくなるくらいに気持ちいい。

それはなにもセックスに限ったことではなくて、甘やかすように髪の先をつまむ仕草とか、長い腕であやされるのとか、センシュアルな匂いのない、頬や額への口づけとか、頑是無《がんぜな》い子供にでも戻されたようにとろとろにされて、もうこの長い腕や広い胸の中にずっといたいとか思ってしまうのだ。

それでいながら、しっかり学校に行けだのメシを食えだの、小うるさいことも言ってくれるから、ただ抱き人形にしたいわけでもないらしい。ごくたまの会話の中にも、将来なにになりたいんだとかそんなことも聞いていたから、顔と身体《からだ》だけに興味があるんじゃないわけかと逆に驚いたりもした。

無認可ではあるが、保育園をやっている家を継ぐんじゃないかなあと、そんなことを洩《も》らしたら、そうか、とやさしく笑われて、さらりと押しつけがましくなく、免許を取る方法やらを教えてきたり。

——認可取るのは難しいけど、まあやりようは色々だしね。

頑張れなんて、茶化しもせずに頭を撫でられて、くすぐったいけれど嬉しかったのも事実だ。

違法だぞ、警察がそんなでいいのかよ。叩いた憎まれ口は照れ隠しでしかなかったから、やんわり微笑《ほほえ》むだけの男には通じなかった。

——刑事さんは悪いヤツを捕まえるのがお仕事だもん。おまえのうちは関係ないよ。

さらっと言って片目をつぶり、ああでも将来はお父さんとか呼んだりするのかしらとか馬鹿なことを言って、それでその日の会話は終わってしまったっけ。

ほけほけとそんなことを思いだしていたら、ようやくに待ち望んだチャイムが鳴る。

「……じゃ、今日はここまで。来週は小テストなので、ちゃんとやってくるように」

そうしめくくった担任はこのままホームルームに移行し、簡単な連絡事項の後に今日は終わりと言った。

どこか浮かれた気分を押し隠すように、わざと気怠《けだる》く立ち上がった羽田に、女生徒の一人が声をあげた。

「あ、羽田くん、今日掃除当番だよ！」

「げ――」

早く帰りたいのにかったるい、と渋面を作ってみせると、振り返った先には美奈《みな》がいた。

「……用事あるの？」

にっこりと他意なく微笑んだその表情には罪悪感と、ここで帰ったりしたら避けていると思われて、美奈が悲しむのではないかという思いがこみあげ、しかたがないと吐息する。

「んにゃ……やってく」

一時期は仲の良かった――というか、美奈を羽田が追いかけまわしていたのは有名な事実で、それだけに、壊れた後のふたりというのをクラスメイトたちは興味津々の体《てい》で見つめている。じろりとにらめば一斉にその視線は外れて、モップを差しだした美奈からそれを受け取った。

「今日も、髪おろしてるんだね」

「……ん？　……うん」

机を並べ替えながら、なぜか美奈が隣から離れなくて、気まずいとは思うけれども邪険にできない。

大事な大事な、彼女だった。可愛くて賢くて、潔くて、スタイルも良くて。当時付き合っていたかおりをすげなく振ってまで追いかけた、羽田の憧れのマドンナだった。

「そっちの方がいいって、好きな人に言われたの？」

聡《さと》くて、強くて。偏見に曇らずにまっすぐに人を見る。

「――いや、……うん」

「似合うよ。その方がいいよ」

その目のやさしさが、偏見のなさが、なぜだか片桐のそれを思いださせて羽田は戸惑った。

「話、してくれてよかった。……あのさ、いやじゃないならこれからも仲良くしてね」

こんなふうに、羽田を甘やかすところまで、それは似ているのかもしれなくて、どうして美奈じゃなかったのかな、そんなことをふと思ったりする。

「……うん、よろしくな」

ありがとう、笑った顔の可愛さに、胸が痛くて切なかった。

掃除を終えて教室を出ると、今度は田端《たばた》たちが待ちかまえていて、美奈ちゃんとよりを戻したのかとしつこくつつくからうんざりする。

「ばーか、んなんじゃねえよ」

傷心を思いだした羽田はその後頭部を鞄《かばん》で叩いてさっさと歩きだすが、待ってくれよと追いすがられた。

「ツネちゃんさあ、昨日どこ行ってたんだよー」

「……なんで」

「ゆうべ、てっきりいると思って電話したらいねんだもん。ここんとこ大人しかったじゃん……あ！」

靴を履き替える合間に、何ごとか思いついたように田端はにたりと唇を歪《ゆが》ませた。

「ひょっとして新しいオンナだろ！　そうだろ！」

「バッ……！」

やだなーもー乗り換え早いんだから、と騒ぎ立てようとした田端に、思い切り拳骨《げんこつ》をくれてやる。

「バカかてめえは！　違えよ！　美奈ちゃんの耳に入ったらどうすんだアホ！」

あながち全て間違いではないだけに、羽田の語気は荒かった。後ろめたさと、邪気がないだけに余計なことを言ったりしたりする田端には、いままでも散々手を焼かされている。

「ちげーのかよ……じゃあ今日は？　どっか行こうぜ？」

「気分じゃねえ、パス」

犬の子でも追い払うような手つきをすると、田端の表情が子供のように歪んだ。食い下がろうとするのを見かね、隣の須見《すみ》からは呆《あき》れたような声がでる。

「しつけーよおまえ、ツネちゃんうざがってんじゃんよ」

「だって最近付き合いわりいんだもんよ！」

どっちもうるせえよと、次第に余裕なく歩みを速めながら校門へと向かえば、なんだか妙な殺気を感じて羽田は身構えた。

「――どした？　ツネちゃ……ああ⁉」

「つか……」

素《す》っ頓狂《とんきょう》な声の田端が声を上擦らせた瞬間、羽田は背筋にだらりと冷や汗が流れるのを感じた。

「……義経《よしつね》、このやろー……」

「かおり……！」

じゃり、と足を鳴らして現れたのはガングロメイクにヘビールーズソックス、ミニスカートから踏ん張った脚のラインも勇ましく、やや開き目の胸元もセクシーな、元彼女のかおりだった。

「てめー美奈まで食い逃げってのはどういう了見だあ？」

「く……食ってねえ食ってねえっ！」

どこから調達したものか、木刀までひっさげたその姿に青ざめながらぶんぶんと首を振ると、羽田はじりじりと後退する。

このかおりが、巷《ちまた》では「女版羽田義経」と言われているのは有名で——つまるところ喧嘩《けんか》上等、要するに、非常に短気で凶暴なのだ。

「丈《たけ》ちゃんのアホ、なにが宥《なだ》めただ……っ」

「なんか言ったかあぉらァ！」

「ひー！」

叫ぶなり振りかぶられた木刀を躱《かわ》し、待て落ち着けと羽田は言った。

「うるせえっこのオンナの敵ー！」

「ちがっ……待て、待てって！」

逃げまわりつつもどうにも言い訳のしようがなく、女を殴るわけにも行かないと紙一重で躱しながら、羽田の息が上がってきた時だった。

「――かおりっ、やめて！」

「美奈！」

ロングヘアをたなびかせた美奈が走り寄ってきて、かおりの前に立ちはだかる。

「いいよ、ごめんね羽田くん、行って？」

「美奈！　邪魔すんなよ！」

「かおりも、こういうのはナシにするってあたしと約束したでしょ！」

明らかにガラの悪い相手に正面から啖呵《たんか》を切り、かおりに抱きついた美奈は顎《あご》をしゃくってみせる。

「だって、だって……美奈が……」

「うん、いいの。気持ちは嬉しいけどこういうのはやめようよ、ね？」

「美奈あ……」

「もっと可愛いかっこして、お茶でもしようよ、ねえ？」

丈本《たけもと》さんもきっとそのほうが喜ぶよと、泣き崩れたかおりをなだめる声音にごめんと頭を下げ、いいのよと笑われて駆けだした。これで校内での美奈の株はまた上がり、自分はと言えば大暴落間違いなしだなと羽田は思う。

「……ごめんなあ」

全部振り切って走りだしながら、なんだか泣きたい気分になった。

ツネちゃん、と叫んでくる田端の声と共に、羽田のいた世界がどんどん遠くなる気がした。

いつまでも勿論《もちろん》子供のままではいられないし、いずれこのぬるくあたたかい楽しいだけの時間が終わっていくのは知っていたけれど、片桐との出会いはあらゆる意味で人生観を変えてしまったのだ。

こんな形で変わっていくのかと思いながら、享楽的に生きるだけでなく、数年先までを見据えながら、それを見てみたいと——見ていたい、と言ってくれた男の元へと、迷いなくこの脚は駆けていく。

男のくせして、刑事のくせして、高校生の羽田にとんでもないセックスを教えこんで。低い声と大きな手の、過剰なくらいのフェロモンをまき散らしている片桐に、きっと脳の中まで犯された。

それなのに、ダメにされているはずなのに、いまの自分が嫌いではないから、立ち止まってはいたくないのだ。

それ以上に、理屈ではなく、昨晩恋人になったばかりの男に、早く早く会いたくてたまらなかった。

寂しさと高揚が綯《な》い交《ま》ぜになった奇妙な気分で、全速力で走る羽田の肩に一瞬衝撃が走る。

「いてっ——！」

ぐらりと身体が傾《かし》いで、脇目もふらず走っていたせいで誰かにぶつかったのだと気がついた。

「あ、すいま——」

「スイマセンじゃねえよこのヤロー、ああ!?」

「げ……」

強面《こわもて》ににらまれたのは、なにかと対立している近所の私学、蜂谷《はちや》工業高校のやつらだった。

なんでこんな時に、と思った瞬間に、半分しかない眉をひそめて相手は「んん？」と羽田を眺めまわした。

「んだよ……羽田じゃねえか」

もしかして今日は厄日か大殺界かと思いつつ、不穏な空気に羽田は頬を引きつらせた。

「だぁらなんだよ。……急いでんだ、またな」

「待てうらぁ！」

じゃ！　と手を挙げた肩を案の定摑《つか》まれて、反射的に殴ってしまう。

「——あ、わりい……」

「わっ……わりい、じゃねーこのやろー！」

「てめ喧嘩売ってんのかよ！」

徒党を組んだ連中は、余計に頭が悪くなるものらしい。五人なら楽勝かなあと身構えたところで、ふと耳をよぎったのは片桐の声だった。

——……頼むからもう、喧嘩すんなよ。

「なにぼーっとしてやんだてめえ！」

「聞いてんのかこらあ！」

——怪我《けが》とか……そんだけでも俺、ほんときついから。

動きを止めた羽田に、なんだか様子が妙だと突っかかってくる面々に、悪い、と羽田は片手を挙げた。

「パスいち。——ほんじゃ！」

そして、そのまままた走りだす。一瞬虚を突かれて出遅れた連中は、数秒を置いて追いかけてきた。

「てっ……てめえなんだそりゃあ⁉」

「ふざけんな、ばっくれてんじゃやねー！」

俊足には自信があったけれど、喚《わめ》いている連中の誰一人として追いつかないのは少し不思議で、その後にずいぶん走っているのに軽い脚を不思議に思う。

（あ……）

煙草をやめたせいか、そう思うと、健康でいいんだかなんだかな、と苦笑さえもがこみ上げてきた。このまま逃げ切れるかな、そう思った瞬間、しかし背後からの声が段々近づいて来ていることに気づき振り返る。

「……だあっ!?」

「はあああねえええだああああああああ!!」

一体いつ調達したものか、ハコ乗りになった車で先ほどの連中が追いかけてくるのを、羽田は呆然《ぼうぜん》と目を見開いて見つめてしまった。

「それは卑怯《ひきょう》だろー！」

「殴り逃げは卑怯じゃねえのかあ！」

焦って駆けだし、どうにか人気《ひとけ》のない通学路の坂道から町中へと逃げこんだ。路地を巡り、地元に不案内な連中は車を乗り捨ててもチェイスは容易でないようで、次第にあのがなり声も聞こえなくなってくる。

「ま……まけたかな……」

飲み屋の壁にもたれ、呟《つぶや》く声は吐息に紛れてかすれていた。昨日洗ったばかりの制服はべったりと濡れそぼち、肩で息をしながらよろよろと、片桐のマンションを目指して歩く。

「……なんか……も……疲れてきた……」

電車に乗ってひと駅ほどの距離なのだが、下手にそんなものを利用したらまた車内でひと揉《も》めないとも限らなかった。

「俺なにやってんの……？」

呟いても答えるものもなく、照り返すアスファルトには額から流れ落ちる汗のせいで一足ごとに黒い染みが出来る。疲労のあまり虚《むな》しくなりながら、こうなったら片桐に美味《うま》いものでも食わせて貰《もら》って宥めて貰おうとふと思い。

「まさか、急な仕事でいませんなんつうオチが――」

あったりして。

「まさか……」

口に出した途端に、急激な不安に見舞われて、さあっと血の気《け》が引いていく。そして、なんだかわけのわからない衝動に駆られて走りだした羽田は、自分の顔が先ほどまでののどのハプニングより動揺して、泣きだしそうになっていることなどわかっていなかった。


夕方近くなってもこの時期の日差しは強く、汗でべったりと貼りつく化繊のシャツが不愉快だと思いながら、最悪の事態が本当になったことを五回目のインターホンで悟った羽田は、呆然と玄関の前に立ちつくしていた。

「気持ちわる――」

走りすぎて、息が整わないまま段々吐き気も催してくる。ぐらりと頭が揺れたのはもしかすれば暑気あたりかもしれない。

ずる、と玄関のドアにもたれて身体が崩れ落ち、へたりこんだコンクリートの感触に腰が冷えた。

「……そりゃねえだろ……」

ぜいぜいと胸を喘《あえ》がせたまま、喉《のど》が渇いたと思う。途中で水分補給でもすれば良かったと思いつつ、だらだら流れていた汗も止まりはじめ、やばいなと思った。暑い筈《はず》なのになんだか寒気がして、耳鳴りもしてくる。もう暗くなったのかなあとぼんやり思っているけれど、影からはみ出た脚の辺りが焼けるように暑いから、ああこれは目が眩《くら》んでいるのかと思った。

「片桐のアホ——」

待っていると言ったくせに。

だからこんなに走ったのに。

「バーカ……」

腹が立って仕方ないはずなのになんだか切なくなって、もうこれ以上水分を流すのはまずいと思うのに、暑さにやられた頭はもう理性もなにも失わせる。

なんだか涙もろくなったのかな、みっともない、そう思いながら目尻から、子供のように涙が出てきた。そうこうするうちに本気で息が苦しくなってきて、このまま干上がって死んだらどうしようかなあと馬鹿なことを考える。

「……まだ二回しかしてなかったのに……」

あげく、意識の途切れる寸前呟いたのはそんな台詞で、サイアクだなあと内心思いつつ、羽田はずるりとそのまま床に倒れてしまった。

＊　　＊　　＊

やわらかいものが、浅い息を繰り返す唇をふさいで、次の瞬間流れこんできた甘い冷たいものが喉を潤す。

もっと、と望むより早くその心地よい感触と、少し酸味のある甘さが次々与えられて、こくんと喉を鳴らして飲みこんだ。

「――ネ？」

耳に気持ちいい声がなにか言っている気がして、重い瞼《まぶた》をこじ開けると、ひどく心配そうな男の顔がある。

「あ……」

「起きたな。……飲めるか？」

細い声が漏れた瞬間、明らかな安堵《あんど》の表情を浮かべて、首の後ろに手があてがわれる。口元に与えられたペットボトルから染み通るように流れこんできたスポーツドリンクを、貪《むさぼ》るように飲んだ。

途端、どっと吹き出た汗を乾いたタオルで拭《ぬぐ》われて、虚《うつ》ろなままの瞳《ひとみ》でぼうっと、羽田は辺りを見まわした。

「……俺？」

まだ痺《しび》れたような手足の感覚に、どうやら生きているらしいと思いながら片桐を見上げると、湿った髪をやさしく撫でられる。

「……片桐……いる？」

「おまえ遅いから買い物行ってたんだ。帰ってきたら玄関にぶっ倒れてるから、血の気引いたぞ」

つたない言葉でも、この状況が理解できていない羽田のことがわかったようで、ゆっくりと片桐は甘やかす声を出す。

「……なんで？」

「十分くらい空けただけだったんだけどな。タイミング悪くて、ごめんな」

そんな声を出すから、補給したばかりの水分がまた、零《こぼ》れていってしまう。

「いるっつったのに……」

「うん、ごめんな」

親指でその零れたものを拭われ、甘ったれきって、俺はバカかと思いながら、怠《だる》くて動かしたくもない腕が勝手に男の首に伸びる。笑いも咎《とが》めもせずに抱きしめてくるから、そうして図に乗ってしまうのだ。

「なんかあったか、あんなに汗かいて」

濡れた目元に口づけられて、やんわり促されながら、学校を終えるなりあったことをぽつぽつと話した。

えらかったなと目を細めた片桐に、本当は逃げるのはいやだったけれどと頬をすり寄せる。まだ痺れている身体とか、まだ眩んで少し暗いままの視界とかが、羽田をどこまでも素直にした。

「……喧嘩、すんなつったから」

「ん。……いいこだな」

そのまま口づけられて、気持ちの良さに喉声が上がる。片桐の肉厚の唇は、今まで知ったどんな女のそれよりやわらかくまろやかで、かすかに煙草の味のするのも少しも気にならない。まだ少し粘ついた感じのする口の中を丁寧に舐められて、うっとりと瞳が閉じてしまう。

「もうちょい、水分とっとく？」

「うん……」

じっとその唇を見つめていると、無言のねだりを察した片桐に甘ったれ、と小突かれた。

「……アンタのせいじゃん」

「そうね、俺はちょっと甘すぎる」

言いながら、まあそれもいいかと笑った片桐は妙に淫《みだ》らな感じのする目線をくれて、ドリンクを口に含んだ。

「なん……んー……」

飲まされて、味の残る舌をきゅっと吸って、またもう一度。次第に、水分をとらされているのか、そのやわらかい舌が欲しいからこうしているのかわからない状態になってくる。

「んう……く……ふ……」

「……ん？」

「も……と、……あ……」

「あとでな」

離れようとするのを視線で咎めると、苦笑してそのまま抱き起こされる。かけられていたタオルケットが腹まで落ちると、いつの間にかTシャツとハーフパンツに着替えさせられていることに気がついた。下着も、どうやら取り替えられてしまったらしく、状況を考えれば仕方ないけれど恥ずかしい。

「制服、もっかい洗濯しといた。……腹減ってる？　食えそう？」

「……あ、食う……」

もう頭も痛くない、そう言うと、じゃあ平気だな、と小さくほっと息をついた。

「じゃ、すぐ作るから待ってな。あ、先に風呂入っとくか？　……一応拭《ふ》いたけど」

最後の一言には微妙に笑みを添えられて、誤魔化《ごまか》しきれずに赤くなった羽田の頰を長い指がつつく。

「かーわいかったぞ、くにゃくにゃして。なにされても気がつかなくて」

「うっ……うるせえ！」

その手を叩いて振り払うと、不意打ちで額に、音を立てて口づけられる。

「う……」

「……ほれ、風呂入っておいで」

なんでこんな甘ったるいことが平然と出来るのだと思いつつ、悔しくもそれに喜んでいる自分がいるので、もうただ黙って頷《うなず》く以外になにも出来なかった。


この日の夕食はクリームシチューで、鶏肉の入ったそれはこれまた美味だった。三杯目のおかわりをよそって貰いながら、なあ、と羽田は口を開く。

「……アンタって、出来ないことないんじゃないの？」

「なにそれ」

頭はいいわ料理は上手《うま》いわエッチはすごいわで、もてまくったことだろうなあと思いつつ、なんの気ナシに口にした言葉だったが、てっきり調子に乗った答えを返すと思っていた片桐はあっさりとそんなことはないと言う。

「出来ないことばっかだよ」

「うっそ」

「褒めてくれんの、嬉しいけどね。……ホント」

謙遜《けんそん》は嫌みだと思いつつじっと見つめると、少し怠そうに肩を鳴らした男は苦い笑みを浮かべる。

「全能感に浸ってられるのは幼児期だけの特権よ、ツネちゃん」

ゼンノーカン？　と羽田は眉をひそめて首を傾げた。

「……なに言ってんのか全然わかんね」

シンプルで素直な言葉に、男は喉を鳴らして笑った。

「子供の頃は、神様みたいな気分でいられるってことさ。ものを知らないからな。……自分の、力のなさとか」

煮溶ける寸前で火を止めた、ほっこりとしたジャガイモを咀嚼《そしゃく》しながら羽田は、ふうん、と相づちをうつ。

「最近はガキでも、そうそう呑気《のんき》じゃいらんねえみたいで、哀れだけどな」

言いながらくしゃくしゃと羽田の髪を撫でた手に、本能的な勘でしかないけれど、羽田には理解できない鬱屈《うっくつ》とかを抱えこんでいるのかも知れないと察する。刑事なんて仕事は、ひとのいやな面を見ることも多いだろう。

変わるなよ、と囁いた言葉の意味や、可愛い可愛いと羽田を甘やかしたい片桐の、疲れのようなものが少しだけ見えた気がして、少し切なくなった。

誤魔化せず表情に出たそれを、片桐の真っ黒な瞳はやわらかく受け止める。

「……なあ」

単純馬鹿な自分を知っているけれど、もしかするとそれが片桐にはいいのかも知れないなと、なんとなく思う。少なくとも羽田には、複雑な屈託や裏表だけはない。

「今日も、泊まってってい？」

「ん？　いーよ」

癒せるなんておこがましいことも、ましてそんな発想もないまま、相手を懐に入れたらどこまでも情の深い羽田は、シンプルにこの男の側にいたいと思った。

食べ終えた皿を一緒に片づけながら、だから素直にそう言ってみることにする。

「……明日もいるのか？」

「うん？　そう、も一日休み」

「俺も……いていい？」

言いながら、逸《そ》らさずじっと高い目線の瞳を見つめれば、ほんの少し目をみはった後、咎めも茶化しもしないまま、唇が触れた。

舌を絡ませないまま、嚙《か》むような動きで唇の上を愛撫《あいぶ》するそれを、流水にさらした手が冷たくなるまでじっと羽田は感じていた。

＊　＊　＊

「――いって！」

どうやら肩が凝っている様子の片桐に、喜び勇んでマッサージしてやると言うと、いやな予感がすると言いつつ男はごろりとベッドに俯《うつぶ》せた。

「あんまり力入れてねえぞ？」

「いやそこマジ痛え……て、てててて！」

腰の上に馬乗りになって背中を押すと、なめらかな筋肉が疲労で腫《は》れている。悲鳴じみた情けない声で訴えてくるのに笑いながらも、ほぐすように背中を指で押していった。

「がっちがちじゃん……そのうち病気すんぞ」

「つかれる仕事なのよー……あ」

肩胛骨《けんこうこつ》の間をしばらく揉みこんでいると、ふう、と深い息をついた片桐の身体が弛緩《しかん》する。

「あー……すっげ気持ちいい、そこ……」

「ここ？」

「ん……空気抜けてく……」

目を閉じ、ふんわりした声で言うのに気分が良くなる。父親に、文句をたれつつも仕込まれた技が役に立ったなと思いつつ、じりじりと下がって腰の辺りを押した。

「っん……」

その瞬間、息をつめた片桐が奇妙に艶《なま》めかしい声をあげてどきりとする。Tシャツの上からもわかる動きで背中が上下し、頬が熱くなった。疼くような感覚は真っ先に腰に表れ、奇妙な緊張を覚えた尻の辺りに力がこもってしまう。

気づかれないようにそろりと腰を上げ、横たわったままの肩と首筋を手のひら全体を使って揉むと、はあ、と片桐が息をつく。

「……楽？」

「んー……」

目を閉じた横顔があどけないほどに見えて、なんだかどきどきした。薄く開いた唇に触れたくなって、でも位置的に無理があって、羽田は代わりにと頬のあたりに口づけを落とす。

「……なに」

薄目を開けて笑った男になんとなく、と返してもう一度腰を落として顔を離せば、また折り曲げたままの、剝《む》きだしの膝頭《ひざがしら》を撫でられた。じんわりこみ上げた甘い感覚に、びく、と身体が揺れて、逃げようといざるのをしつこく撫でてくる。

「や……ちょ、……わっ」

くすぐったいのも勿論で、笑いながら逃げると、いきなり身を起こした片桐に転がされ、ベッドの上でもつれ合うように体勢が逆転する。

「……エッチなこと考えたろ」

ここが動いたぞと、そのまま尻を摑まれて、ひくんと息を飲んでしまう。知っていたのかと羞恥《しゅうち》に身を揉んでいると、ふっと目の前が翳《かげ》った。

「……ふ、う」

もう何回キスしたんだかわからないくらいなのに、やわらかいそれに吐息をふさがれて目を閉じてしまう。身体の上に乗られて、開かされた脚の内側を静かに撫でられて、もの足りず口を開けば舌が絡みついてきた。

「……明日、ガッコさぼるんだな？」

「……う、ん……」

唇をほどくなり確認されて、鼓動の跳ね上がる胸が苦しくて頷けば、濡れた口元を拭いながら片桐は、ちゃんと勉強しろよと言った。

「まあ……いっか、一日くらい」

「あ……うん、……ん……っ」

言いながら、シャツの上から尖りはじめた胸を探って、つまむように擦《こす》り合わせてくる。じん、と腰が痺れて、脚が勝手に閉じようとする。

「ツネ、シャツの上から指でされんの好きな」

顎に口づけながら言うそれに、ちりちりする小さな突起のことを言われているのだとわかって赤くなった。事実、そうだったからだ。直接指で触れられると、刺激が強すぎて痛くなる。

「……あ、……っあ、っ」

腰を抱かれたまま首筋に這《は》った舌をそのまま耳まで。啄《ついば》む音を立てながらのやさしげなはじまりははじめてで、なんだか妙にどぎまぎした。

「ひう……」

耳朶《じだ》をそっと嚙まれて、背中にしがみついた。くたくたと力が抜けてしまいそうなのに、奇妙に緊張しているから変なところに力が入って震えてしまう。

「……どした?」

「わ、わかん……な……」

穏やかに背を撫でられるだけでも跳ね上がって、目が潤んでくる。戸惑いを表して瞬《まばた》きをすれば、深く唇を重ねられてまた目を閉じた。重みとか、その体温とか髪の匂いだけで、腰から溶けてなくなりそうになる。

「んゅ……っ」

差しだすように促された舌を、歯の先で嚙んで引っ張られ、変な声が出た。手のひらは、

片桐の身体の形を確かめるように這いまわり、そのくせのある髪に絡んで何度も指で梳《す》く。

指の間に引っかかる、少し硬い感触と、そこから漂ってくる煙草の香りの混じった片桐の匂いに、急激に高まっていく。

「……片桐……」

「んー？」

喉を、痛くない力で噛まれながら、震えて仕方ない。

一度目は身体を奪われて、二度目で気持ちを持っていかれて、今度はどうなってしまうのかと怯《おび》えてしまう。

「……なんか怖い……」

「なんで？　今日、やさしくしてるっしょ」

「そだけど……」

抱擁が、今までもそうだったのに、あまりにやさしすぎて怖くなった。半分泣きそうな顔で見つめると、瞼や鼻の先や、とにかく触れない場所がないくらいに口づけられた。

「俺……どうなっちゃうか……わかんな……」

甘くて熱っぽい目で見られて、まだろくに触れられてもいないのに、脚の間が濡れてしまいそうになる。

「……ツネ」

「へ……変、なりそ……もう……なんで……？」

勝手に浅くなる呼気が止まらなくて、しがみついて顔を隠せば、なっちまえ、と言われた。

「……明日まで、時間あるし。……どこまでやれっか試すのもいいか」

「そ……そんなしたら、し……死ぬ……！」

笑いながらの言葉に青ざめると、おいおい、と片桐は悪い顔で目を眇《すが》めた。

「その台詞、まだ早いんじゃねえの？」

言うなり反論を許さないように、今度は強引に唇を奪われて、怖いからいやだともがきながら、シャツを捲《まく》る男の手に軽く触れた肌は期待にさざめいた。

「ひいん……」

「だから、泣くのまだ早えって」

腹を撫でられただけでぐずると、ほらほらと服を脱がされる。逆らう力も本気ではなく、夏の薄着は果物の皮でも剝くようにつるりと剝《は》がされて、身体が片桐の腕に包まれた。

片桐もすぐに脱いでしまって、絡んだ素肌は冷房にさらされているけれど、すぐに火照《ほて》って湿りを帯びる。

「あれ、もうきつい？」

「いあ……こすれ……」

触れあった腰を微妙に動かされ、くすりと笑われて熱くなる。どうして欲しい、訊《たず》ねられてまた震えた肩に、長い指は宥めるように触れた。

「……したいことしてやる、言ってみ」

「わ……かんな……」

ゆっくり寝たから今日は元気よと、証拠のようにまた片桐の凶器のようなそれが押しつけられて、ごくんと喉が鳴ってしまう。

「ツネ？」

「……い、……て」

「うん？」

抱きしめられた身体を揺らされて、何度も促され、羽田は渇ききった喉からようやく声を絞りだす。

「なに、しても、いいから……ちゃんと、いって……」

「え？」

「な、かで……俺、で……いって、全部……出して……」

AVみたいな台詞だなと呆れつつも、羞《は》じらっている自分がなにより恥ずかしくて両腕で顔を覆えば、笑うかと思った男はふう、と小さく息をつくだけだった。

「……おまえ、マジでたまんねーな」

「変……かよ……？」

腕をどけろと手をかけられ、ろくに抗《あらが》えずに顔を出せば、少し苦しそうな顔をした片桐と目があった。

「バカ。……可愛くてたまんねーよ……」

どうすんだかな、笑いもせずにじっと見据えられて、指の先まで血が疼いた。可愛いって言うなとか、混ぜ返す言葉ももう出てこなくて、薄く開いた唇にあの長い親指をゆるく押しこまれる。舐めて欲しいのかと舌を触れさせれば、その硬い感触だけで胸が震えた。

「……そのまま食ってな」

「んー……ん、……っ」

言いながら、少し余裕のない感じに頬を歪めて鎖骨を噛んでくる。歯の食いこむ感触に喉でうなると、そのままそこを舐め上げられた。

「んー……っ！　あ！」

すぐに辿《たど》り着いた胸の上をきゅっと吸い上げられ、指を噛んでしまいそうになって口を開ける。解放された、濡れそぼったそれで、もう一つの小さな粒をこねまわされ、シーツの上で身体がのたうってしまう。

「あ、や……ん、や……」

胸をされているだけなのに、腰が浮き上がって仕方なかった。両膝を曲げて突きだすみたいにするそこには片桐の身体が挟まっていて、時折引き締まった胸筋に擦られてまた喘ぐ。

「はあっは……あ……！」

嚙んだまま引っ張られて、そのまま小刻みに舐められたり押しつぶされる、そんなことを交互に、しつこいくらいにされる。抱えこんだ髪を、所在ない手が梳いたり引っ張ったりして、息が苦しくなった。

「そ、……こばっか……や……！」

「ン」

他も触ってとねだると、特に感じる左胸に唇を残したまま、器用な両手が身体を這いまわった。脇と腕の境目の辺りを撫でられると、泣いているようなかすれて高い声が勝手に出てしまう。もう一つの手は浮き上がる腰の、震える肉を軽く摑んで、やわらかく揉んできた。

「ん、ん、あ！」

片桐の胸に触れているそこはもうすっかりべとついて、細かく震えはじめている。どうにかして欲しいと、先端を擦りつけるような淫らな動きが止まらない。

「かた、……片桐……っ」

じりじりする愛撫に耐えかねて、このままでも達してしまいそうだったけれど、せめて手のひらに触れて欲しくて触ってと言うと、身体を起こした片桐に膝を摑まれ、思い切り脚を開かされた。

「ひや……っ」

「……ツネさ」

恥ずかしい部分を思い切り、赤ん坊のような格好でさらされて、痛いほどに顔が赤くなる。指先に、軽く先端をつままれてひくひくと震えながら、舐めるのと手でするの、どっちがいい、と訊ねられた。

「……な……舐めて……」

堪《こら》えきれずに言うと、しかしさらに意地悪く片桐は、どこをと訊ねてきた。

「ど、……どこってっ……」

「言えなきゃ、自分で触ってみな」

「じっ……や……！」

したいことをしてやると言ったくせにとにらみあげても、ふっと笑って片桐はさらに促してくる。いやらしいことを言われると、反応が鋭くなる羽田のことなどとうにお見通しの男は、余裕の体だった。

「ほら、早く。……垂れてきてんぞ」

「う……うー……」

「だから、泣くの早いって、まだ」

まだってなんだ、とべそをかきそうになりながら、手首を掴まれて口づけられ、羽田はいよいよ観念する。恥ずかしくて死にそうになりながら、そして、ずっと震えて濡れそぼっているその部分に指を触れた。

「……こ」

「ん？」

「こ……こ、なめ、……舐めて……」

自分の手が触れただけでも息が上がって、吐息混じりのごく小さな声で言えば、良くできましたと言わんばかりに唇が降りた。

「ひあっ！」

びくんと震え、男の肩に縋《すが》ろうとした手を留められ、もう一度濡れた性器に触れさせられた。

「いあ、な……んだ、よお……」

「……そのまんま、自分でこすってな」

見せつけるように出した赤い舌で先をつつきながら、またとんでもないことを片桐は言って、じゃなきゃしないよといじめてくる。

「……ん、……っく……ヘンタイ……」

悪態をつきながら、結局言葉に従う自分もいて、もうどっちがヘンタイなんだろうと羽田は泣きたくなってくる。

「んな……こと、教えて……どうすんだ、もお……！」

本当に先の方だけしか、片桐の唇はあやしてはくれなくて、結局足りずに自分の指がいやらしくそこを撫でてしまう。

「ばか……責任取れ、も……！」

「――取るよ」

最悪だと思うくらいの淫らな行為の最中、ぶつけた文句の中の本気を拾って、片桐はやけに真剣な声で言った。

「俺はね、ツネが俺以外の人間と、一生セックスできねえようにしてやるって決めたの」

「！……な、ん……」

細めた瞳で笑っているけれど、その視線がかなりの本気を感じさせて、羽田は震え上がる自分を知った。

「死ぬほど恥ずかしい目にあわせて、死ぬほどよくして」

「かたぎ……」

内腿《うちもも》を噛んで、淫らなくせに真剣な瞳で、片桐は言う。

「俺じゃなきゃ勃ちもしねえような身体にしてやる」

「そ……な、めちゃくちゃ……」

覚悟しろと言われて、なに言ってるんだとかおっかねえとか、言ってやりたいのに。

「もお、そんなん……今さら、じゃん……」

ふにゃ、と崩れた自分の顔が、みっともなくていやだから、腕を伸ばして抱きついてしまう。

「誰にも言えないような目にあわせてやるからな。……逃げたらばらすぞ」

「逃げ……ね、ってば……！」

くどいとわめくと、しつこい性分でと笑った。

「だってさ……無理矢理モノにした自覚はあるんだよ」

傲慢《ごうまん》かと思えば不意に、そんな気弱なことも言ったりするから、本当にこの男はタチが悪い。ふざけんなと羽田は言って、ぎゅうぎゅうとその身体を抱きしめてやる。

「本気で無理矢理だと、思ってんのかよ！　なめんな！」

言い切って、焦《じ》れた身体をすり寄せて、もう言葉はいいからと強く口づける。

「ぐだぐだ言ってんだったら、どうにかしろよっ」

汗だくになって走りながら、この男のことしか頭になかった自分のことを、いっそ見せてやりたいと思うけれど、そこまで言えば図に乗るから、言葉は口にしないでおく。

「……まあ、それもそう」

それでもきっと、見透かされているのだろう。嬉しそうに笑った片桐にまた脚を開かされ、今度は焦らさずに、痛いくらいのそれを吸い上げられた。

「――あ、あ……」

ぶる、と震えながらうねる腰を、器用な手で唇で舐め溶かされていく。喘ぎながら、ぼんやり霞《かす》んでいく目を凝らして天井を見上げるうちに、物足りないように唇の中で舌がなにかを求めていた。

「あ……ん……な、なあ……」

気づいた瞬間、焦れた感じが止まらなくなって、片桐の手を探って求める。ほどなく与えられたそれを口に運び、形のいい長い指を二つまとめて含んだ。

「ん……ん、ん……」

飴《あめ》をしゃぶるように口の中で遊ばせていると、舌をつままれ擦りあわせられる。下肢から沸き上がる愉悦に上乗せされるような感覚に、涙の滲《にじ》んだ瞳を瞬《しばたた》かせて熱心に舐めながら、物足りないと思っている自分がいた。

「ふっ……あ、……あ……」

もっと、口の中をいっぱいにする、熱くてどくどくしたものが欲しい。

指の先を噛みながら、もうすっかりダメになったなと思いつつ呼びかけると、唇を舐めた片桐が顔を上げる。

「……ん？」

「お、俺……俺もしていい？」

息を切らしながら告げると、ふ、と片桐が笑った。

「……脚こっちにして、またいで」

「うん……」

ごろりと横たわった片桐に促されるまま、なにやってるんだろうと思いつつも言われたとおりに四つん這いに、頭を入れ替える位置になる。腰を突きだす格好は、勿論死ぬほど羞恥を誘うけれど、それ以上にもどかしさの方が強かった。

目の前に、もう大分見慣れたけれどかなりどぎまぎするものがあって、昨晩は結局終わらずじまいだったそれを、躊躇《ためら》わずにぱくりと口に含んだ。

そのまますぐに、ゆるめた唇を上下させると、片桐がうめく。

その声に勢いづいた羽田はなめらかなそれを手のひらで撫でまわし、片桐や他の女にされたこととか、ビデオで見た光景を思いだしつつ口を使った。

「っ……おまえ、上手くなんの早くね？」

「んう……？」

少し悔しそうな声が聞こえて、笑いがこみ上げたのも一瞬だった。ぎくりとする暇もなく、小さな肉の狭間《はざま》に舌が触れてきて、口の中にものが挟まっていなければ叫んでしまったかもしれない。

「——っ！」

手のひらで、立ち上がったそれを擦り上げながら舐め上げられ、膝が崩れそうになる。

「う……ん、……ふ、んん……っ！」

時々、その舌使いの中に興奮しているような浅い息と声が混じって、そんな些細《ささい》なことにも敏感な場所が反応してしまう。悔しくて、銜《くわ》えたものを思い切り吸い上げてやると、今度は指が入れられた。

「……っ、や！」

「やめんなよ、おい」

「や、だって……！」

いつもながらではあるが、どういう早業なのかもう潤滑剤まで塗られはじめ、笑った片桐は焦れったく震えるそれを吸いながら指先をぬらぬらと動かしてくる。

「ひ、いやっ……やだ……！」

「好きじゃん、ここ？」

口でするどころではなくなるからやめて欲しいのに、昨日片桐に拓《ひら》かれたばかりの場所はあっさりと指をくわえこんで、うねうねとそれを締め付けてしまう。

「あ、もう……つか、昨日から？」

欲しそう、とからかわれて頭に血が上るけれど、男の脚の間に頬をつけたまま、どうにか両手をそれに縋らせるのが精一杯で、ただ甘ったるく喘ぐしか出来なくなる。

「やだ……やあ……ん、あ……っ、あ！」

「やだっつってる割には腰、動いてんじゃん……」

「言う……なっ！」

止まらないのだからしょうがないだろうと思いつつ、手にしたものにどうにか舌を這わせる。

「……負けず嫌い」

「るひゃい……っ」

こうなったら意地でも口でいかせてやると思いながらくわえ直すと、なあ、とまた片桐はろくでもないことを言った。

「……舐めたまんま入れてやろうか」

「んぐ……っ」

そんなめちゃくちゃなこと出来るわけもないのに、言われた瞬間確かにそこが反応して、してほしい、と言うように小刻みに指を食《は》んだ。

「なに……バカなこといっ……!?」

あさましい自分が恥ずかしいやら、人のことを言う割にスケベな片桐が憎たらしいやらで振り返りにらみ付けると、彼の手にしたものを見つけてぎょっとなる。

「な……ん……」

「いやさっきっから目についてて。ちょーどいいかなと」

細身の丸い缶は、ベッドサイドの鏡の前に置いてあったヘアムース。

「な、なにが、ちょーどい……ご、ゴムかぶせっ……」

携帯用の小さなそれにはご丁寧にもう避妊具までかぶせられていて、冗談じゃないと羽田は暴れる。

「や、やだ、そんなんやだ絶対やだ！」

「……暴れると破けるだろが」

それなのに腰を摑んだ手や、絡み合った体勢のせいで逃げ遅れたあげく、脅すような台詞を吐かれて身が凍る。

「したら、中に蓋《ふた》残っちゃうよ？」

「い、入れなきゃいーじゃん……！」

「だめ、決めたから」

「へん……ヘンタイ……っ！」

「おまえもうちょっと罵《ののし》りのバリエーション覚えれば？」

意地悪く言い切った言葉につまっている間に、丸い先が押し当てられる。拒むようにすぼんだそこを開かせるように、怯《ひる》んで萎《な》えた性器を、あたたかい舌があやしてくる。

「や……」

吸われて、舐められて、いやなのに怖いのに、とろんと身体が溶けていく。

「……力抜いて」

「……う……うっ……ん、う……」

冷たいそれが、少しずつ入ってくる。いやだと思っているのに、一度やわらいでしまったそこは、結局はなにかにいじめられるのを待っていて、入りこまれればもうダメだった。

「……吸いこんでんじゃん」

「いあ――ん……」

脚に小さく口づけながら、卑猥《ひわい》な声で笑った片桐にそんなことを言われてしまえばもうおしまいだ。凹凸のないそれは内部にあわせてたわめられることもなく、細いのに強烈な存在感を訴えてくる。

「ひっ……や、だ……やだあ、やだあ……！」

こんなもの入れられて、気持ちいいなんて絶対認めたくない。自分の中のなにかが壊れてしまいそうで、本気で泣きだした羽田に、片桐はしゃあしゃあと訊ねてくる。

「よくない？」

「や……気持ち、悪っ……！」

「……じゃあこれナニ」

言いながら、しっかり硬くなったそこに音を立てて口づけられ、びくんと腰が動いてしまう。そのままつるりと口の中に入れられて、羽田は泣き喚いた。

「やだあ！……っだ、やだ、やあああ‼」

含まされた缶を、捻《ひね》るみたいにまわされながら吸われると、頭がおかしくなるかと思った。ぬるぬると、なんの引っかかりもないものが身体の中を動くのは、押しだそうとする自分の身体に抗うように片桐がそれを動かすせいだ。

「……俺がしてんだから、いいじゃない」

あげく、最後の理性を取っ払えと言うように、張りつめた性器に舌を這わせた片桐は笑う。

「……変なこと、教えてやるっつっただろ」

「こ、こんなのや、や……っああ、ひ、あ、あー……あ！」

カン、と指先でそれの端を弾かれて、微妙に響く振動に悲鳴が上がった。目の前にある長い脚にしがみつき、逃げたいのに逃げられないまま、強く唇にしごかれてまた叫ぶ。

「も、や……！」

体内でぐるりとまわされるそれが気持ち悪かった。球体の先端が敏感な部分を擦るごとに、どうしようもなく感じる自分を嫌悪するのに、冷たかった金属が体温と同じになり、動いて、擦られて、段々訳がわからなくなった。

「あっ……あは、あ……んあ……」

真っ直ぐなまま、小刻みに擦ってくるその感触に、気づけば腰を揺すっていて、片桐の口の中でどんどん膨れ上がる性器ももう、どうしようもなくなっている。

「……いい？」

「ああ……ん、っ……いー……いい……！」

しゃくり上げながら、もうどうでもいいや、と思う。震える腰を撫でる片桐の手が、最低なくせにやさしくて、その手に、なにをされてももう、どうでもいいと思ってしまう。

「かっ……かた、……んう……」

名を呼ぶのもままならないから、目の前にあったものに吸い付いて、恥知らずなくらいにそれを舐めまわした。

「……それ好き？」

「……んむ……ふ……好きぃ……」

「んじゃ、こっちは？」

「あっ！……あ、ああ！……ダメ！」

かきまわすように動かされ、強く吸い付けられて、仰《の》け反《ぞ》るように顎が上がってしまう。

「いっ……いっく……いっちゃうよ、いく……っ！」

いいよ、と言うようにそっと先を噛まれながら、強く押しこまれた感触に負けて、迸《ほとばし》るような悲鳴をあげた瞬間、身体の中からなにかがどろりと溢《あふ》れていった。

「――！」

痙攣《けいれん》しながらへたりこむと、喉を鳴らした片桐が身体の下から這いだしてくる。声も出せないほどの衝撃に目を見開いたまま泣いている羽田の中から、ずるりとそれが抜きだされた。

「……っひ……」

達した後、思い切りまるで吸いだすみたいにされて、魂が抜けるような感じがした。指一本動かせないまま、なんだったんだろうとぼんやり思いながら、ぼろぼろと零れる涙が止まらない。

「ツネ……」

「い、や……いや……」

触れてこようとする手を拒んでも、強引に抱き寄せられて抗えない。

「……泣くなって、そんな……」

「だっ……だ……へ、変なこと、した……！」

あやすみたいに口づけられても、止まるわけがないと思う。嗚咽《おえつ》につっかえながら、なじる言葉は舌足らずで、口の中まで痺れている。

「へ、変なの、入れた……やだ、っつった、のに……！」

「……ごめんって」

それなのにしがみついて、もっとやさしくしろとせがむように、胸に頬を擦りつけてしまう。良くなかったかと聞かれて、思い切り胸を殴った。

感じてしまった分、なんだか自分が余計に怖くて、なにもかもどうでもいいと捩《よじ》れた身体がおぞましくなる。

「……あん、あんなの、ヤダ……っ、う、ふっく……」

大体、まだ身体を合わせるのは三度目なのに、そんなもの使わなくたっていいじゃないかと思う。

「ふ……ふつーでいいー……んなの、や……」

「……そっかあ？」

しゃくりあげながら言うと、よさげだったのにと言いやがるから今度こそ、本気で頬を張ってやった。

「い……ってー……」

「――死ね！　知るか！　バカ！」

暴れる身体を押さえこまれ、どこまでも楽しそうな男に、本当は遊ばれているだけなのじゃないかとさえ思えてくる。

もしかしてこの男、機嫌を取るには餌付《えづ》けしてセックスすればいいとでも思っているのだろうかと考えると、それがあながち外れていないだけに自分がいやになってくる。揺らされて、止まらない涙を拭う手も鬱陶《うっとう》しくて、視線を逸らしたままなにも感じないように唇を噛んだ。

「……まだ怒ってる？」

声にももう、返事をする気力もなくただ流れ続けるもので抗議すれば、はあ、と頭上にため息が落ちた。その重たさに、ずきりと胸が痛くなる。

「……ツネー……なあ、許して……?」

「……いやだ」

「マジでごめんなさいって」

ね、と頬に口づけられ、懐柔されてやるものかと目を閉じれば、また涙が零れていく。

「してえだけなら……――早く、すりゃいいじゃん」

本当はセックスしたいだけなんだろと、冷え切った声で言えば、片桐はうわ、と顔をしかめた。

「……ごめん、ホント、許してって……」

「しらね……も……」

言いながら、思いっきりしゃくり上げてしまって、両腕で顔を覆ってそっぽを向いた。ため息をついた片桐は、大きく震えた身体を抱きしめてくる。

「やりすぎた、ごめん!……」

「う……っ、う、……っく」

背中を撫でられて、余計に泣けてくる。片桐の一連の仕草の中に、どうしようもないことだけれど残る「慣れ」のようなものに、気づいてしまった羽田はざっくりと傷ついた。

「……もうしないから」

大体、どこであんなにいやらしいことを覚えてきたんだと嫉妬《しっと》している自分まで見つけて、どうしようもなくなっていく。

「そ……やって、騙《だま》っ、すのかよ……い、つも……」

「だま……っ、おい！　そりゃねえだ……って、ああ、もー……」

自分だってそれは、何人かと寝たことはあるけれど、抱かれるのははじめてで、言ってしまえばバージンだったわけで、それがこんな男に引っかかったのかと思えば情けなくて泣いてもしょうがないだろう。

「……もう、やだ……」

離れられなくなんて、とうにされた。けれど、そっちはどうなんだと聞きたくなる。

「遊ばれてんなら、も、……も、やめる……っ」

「……待てこらっ」

黙ってれば散々言いやがってと、怒ったような声に怒鳴られて身が竦《すく》む。

「だれが遊びだバカ！　聞けいい加減、人の話！」

「うるせえ！　アンタ、アンタなんか……あ……っ」

なにか言い返してやりたいのに、真っ白になった頭はなにも思いつかなくて、なんで俺こんなにバカなんだろうと哀《かな》しくなる。

「ひいいいっく……」

「……おまえねえ……」

卑怯だぞと言われて、ため息をつきつつまた抱えこまれる。

「……遊んでねえよ……」

嘘だ、と言ったら本当だ、と言い返される。

「……大体遊ぶならもっと後腐れねえ相手にするっつの。言っとくけどガキも男も守備範囲外だぞ、俺は」

「うそ⁉」

本気で驚いて目を開ければ、じろりとにらまれる。

「……うそってなんだよ。……まさかおまえ、俺のこと本気で節操ないと……」

「思ってた」

うっかりと肯定した後、ほお、と笑った片桐の表情が微妙に引きつっているのに気づいたけれどもう遅い。

「……てめ……泣かす」

「な……泣くなっつったじゃん、今！　い……っ！」

うるさいと口をふさがれて、暴れる脚を開かされ、いやだともがいても聞いては貰えない。

「離せったらも……や、だ、やだって！」

まだ涙は止まらなくて、それなのに、余韻にまだ痺れているそこに、片桐のそれが押しつけられて息がつまる。

「……もうしないって、ヘンナコト」

「や……してる……また、また、入れて……っ」

「俺じゃん……？」

熱を持って硬い、けれどやわらかいそれがじんわりと、綻《ほころ》んだそこに入ってくる。

「……嫌い？」

「いや……キライ……」

ぞくりと震えたのを見透かすように、ゆるく穿《うが》って徐々にいっぱいにされて、自分が情けなくなってくる。

「……これでも？」

「……う……っ……」

ぞく、と腰骨のあたりからなにかがこみ上げてきて、瞬間締め付けたそれに片桐は目を眇める。

「……そりゃま、最初はからかってたけど」

「やっぱ……そ、じゃん……っ」

じりじりと腰を動かしながらの言葉に、また泣きそうになって、頬を舐められて顎が上がる。

「その内、きれいな顔に傷ばっか作って、勿体《もったい》ねえなあって思ってさ……」

耳を嚙みながら、熱っぽい声で言いながら、ゆるく穿つ大きなそれがあたたかくて、思わず背中に縋ってしまう。

「……ん、ん……っ」

「したらさ、……ばかに性格可愛いんだもん……欲しいじゃん……なあ」

「な、なあって……なっ……あ！」

ひとつ、強く突かれて声があがって、きゅうっとそれを締め付ける。

「……好きだよ」

「――！」

骨が溶けそうな声で囁かれて、声もなく仰け反って、怒っていたこともなにもかも、忘れてしまいそうになる。ふわ、と蕩《とろ》けたような吐息が洩れて、身体の中でまた片桐が変わるのを知った。

「……だから、俺のこと、捨てるなよ……」

「いあん……やあ、あ……お……おっき……い……！」

動きのないそれが、小刻みに揺れるだけでもダメになりそうなのに、少しずつ抽挿が速まるから、声音は段々細く高く、濡れたものに変わってしまう。

「自分でも性格、歪んでんの……知ってっけど……さ？」

「ん、ん……っ」

「傷つけたいんじゃなくて、泣かしたいの……わかる？」

「っかんね……も……っ」

やさしくされすぎて、物足りなくて、ひっきりなしに締め付けているそこで、もういいからと教えてしまう。

「した……こと、して、や……って、言った……っ」

「ん、……どうする？」

なんだか愛情表現が果てしなく、極端から極端へ飛ぶ男に、翻弄《ほんろう》されて疲れそうとは思うけれど、嫌われたら切ないと、そんな一言であっさりと。

「も……いーから……よく、して……」

「――ツネ」

単純がいっそ取り柄の羽田は、首に腕を縋らせる。

「い……いっぱい、入れて……っ」

耳元で、小さく笑われたのがどんな意味かはわからなかったが、嬉しそうだったのでまあいいか、と思ってしまった。

「ん……こっち、こっちも……」

「……こっち？」

「うん……」

　小さく何度も口づけながら、大きな手を取って胸と、脚の間に触れて貰う。先ほどいじめた分もと言うように、それぞれにやさしく触れられて、うっとりとついたため息ごと吸い上げられた。

「は……あ、ん、……んー……！」

　その中で、少しずつ乱れる片桐の呼吸とか、表情とか、手の中で感じる筋肉の緊張や、そうしたものが一番、自分を感じさせているのだと気づいてしまう。

　今身体の中で震えているものを、だから口にだって出来るし、多分、その吐きだすものを飲めと言われれば喜ぶだろう。

「こん、ど……」

「……んん？」

「今度……飲んで、いい……？」

「……のん……って」

　ゆらゆらとされながら、頭上にある顎を噛んで囁くと、バカ、と言った男がひくりと震えた。喉の奥にこもった声に、やっぱり言われると感じるのかなと嬉しくなる。

　上手く出来るかなと思いながら締めたりゆるめたり、意識してやってみる。

「うわ、ちょ……まて、ツネ……っ」

「……気持ち……いい？」

「く……っ」

上擦った声が、可愛いと思う。もっと感じてと腰を動かして、思い切り喘いでみた。

「い……いい？　なあ……どう？　……俺、いい……？」

「い、けど……おまえマジで覚え早すぎ……っ」

悔しそうに言って、揺さぶる動きに余裕が見えない。

「だ、て、……よさそ、なの……い……あ、ん――……ん、んん……っ」

言葉もなく追い上げてくる、そのきつくしかめた顔が、どんな愛撫よりいいと思う。喘いだ口元をふさがれて、水音の立つ下肢を混ぜあって、舌を舐めあうのが凄《すご》くよかった。

「……んあ、あ！――あ……！」

大きく開かされた脚を、膝が肩につきそうに折り曲げられ、その分深くなる片桐が濡れそぼった身体を小刻みに出入りする。

「あ、な……なんか来る、んあっなんっ……きちゃ……！」

じゅわ、と女でもないのに、体内からなにかが溢れてくる感じがして、びくびくと跳ねながら首を振ると、ああ、と片桐が言った。

「……慣れると、濡れるっつうよな……」

変わっていくそこを、そんなにあっさり肯定されてはもう、驚くよりよがっている羽田にはなにも言えない。

「っやん、な、なんか……なんか……っあ！」

膝を閉じた形の繋《つな》がりに、立ち上がったままの性器はなにも刺激がないのに、奥深い場所から噴き上げるみたいに快楽がこみ上げてきて、病気じゃないかと思うほどに内壁は激しく蠢《しゅん》動《どう》する。

「……後ろだけでいきそ？」

「あ、ひっ……ああっああっあああ！」

がくがくと首を振ると、震えのひどいその場所を、慣らして拓いたその熱が、髪を撫でる仕草に似た動きで刺激してくる。

「な、なん……と、止まんな……やっ、びくびく、するっ……！」

「んー……すげ……」

感じ入ったような声で呟く片桐は、そうして強く、叩きつけるように腰を送りこんで。

「あ、ん、いっちゃ……またっ、あ！」

しがみついて耳を噛んで、うねるそこで片桐の性器を感じて、凄い、と泣きじゃくる。熱くて気持ちよくて、怖いのにやめて欲しくない。

「……俺もいきそ……」

「い、いって、……あ、ダメ……ッ！」

どっちだよと笑った片桐に、わかんない、と泣いた。

ずっとずっとこのまま、こうしていて欲しいのに、終わってしまうから惜しくて、焦らされたいのかすぐ欲しいのか、なにもわからなくなっていく。

「し、死んじゃう……こんな……ぅあ、んっあ、あああ！」

「ツネ、声でけーよ……」

「あ、ひ……だっ……んぅ……っ」

口をふさがれたまま、なめらかな感触が擦れあうのを二つの粘膜で同時に感じて、どうしよう、と泣いた。なにが、と問われてもう、支離滅裂なことばかり口走って、その度に低い声で笑うから、耳まで犯されている気分になる。

「……ひ、ん……い……いい、すき……」

「――ツネ……」

いっぱいしてとかぐちゃぐちゃにしてとか、叫ぶだけ叫んだと思うけれど。いくから締めろとか、言われてその通りに頑張ったりもして。

「……可愛い……」

「ひ、ああ、ああ……んっ!!」

最後に、耳に口づけられた言葉だけでなぜか、宙に浮くような心地でなにもかも、真っ白

に飛んでいった。

「は……っ」

荒い息を整えられず、小刻みに震える身体から抜き取られたそれはまだしっかりと熱を持っていた。

「……あ……」

濡れた眼差《まなざ》しで見つめながら、雫《しずく》の零れるそれをそっと撫でていると、ぴくんと震えて反応する。

「……こら、いたずらすんな」

こちらも汗の浮いたまま息を切らしている片桐が、軽く口づけながら咎めてくるのに、笑いながらつるりとした先端を何度も撫でる。少し前には、他人のそれなんて見る気もしなかったのに、片桐のだと思うといっそ可愛いような愛《いと》しいような気分になってくる。

「……ツーネ、おいって……」

もう無理だろうと言ってくるのに首を振って、ねだる眼差しで見上げてみた。

「……マジか？」

「うん……」

驚いた顔をする男の上に乗りあがり、半ば開いた唇を舐めながら、まだ一回じゃないかと、長い脚の間で苦しげになったものをあやした。

「一回って、おまえは……」

「……リベンジ、すんだろ？」

言った後、それにこれは一度しか貰っていないと告げながら、もっと欲しいと艶めかしく口づける。

「やべーのに手、出したかな……」

「うるせえよ……」

言葉の割に少しも悔やんでいない表情で、腰に両手が添えられる。居直って笑う羽田は、今までになかった艶《つや》のようなものがその顔に浮かんでいることは知らないまま、腰を落としながら言い切った。

「こーなったら、……余所《よそ》で、悪いこと出来ないように、搾り取ってやるっ……あっ」

「こええなあ……」

作り変えられた身体でゆっくり、味わうように男を飲みこんで、悩ましげにしなう腰に蓄える熱がまた、潤んで溢れていく。

「ああ、ん、……ああ！」

セックスも愛情も、その他のことでも、スキルアップするのはもう、この男としか出来ないから。

「ど……す……教えて……」

動けないまま不安になるより、もっと色んなことを覚えて、離さないでいる自信をつけたい。もっともっと、好きになってくれるなら、どんなことでもするから。

そんな目で上目に見つめられた男が、心臓の止まりそうな思いをしているとも知らずに、大きな茶色の瞳はじっと、熱を持った眼差しで迫る。

「好きな……に、する……なる、から……」

俺だけ、見て。

白い肌の内側から滲むような色香を覚えはじめた肢体は、艶やかにゆるやかにうねる。

「……充分なんじゃない？」

そのままで、と苦笑するのが片桐の精一杯だと気づけないまま、はぐらかされたと拗《す》ねる唇は、キスを誘うように赤く、あどけない。

あとがき

今回、一部の方には、ものすごくなつかしい作品を文庫にしていただきました。ちなみにルチル文庫さんではこれが四十冊目。節目の記念にしては青々しいです（笑）。

こちらの「トリガー・ハッピー」シリーズは、かつて同人誌においてはギリツネシリーズとして、長いこと不定期に連載していたものです。

最初の最初に書いたのはおそらく二〇〇〇年か二〇〇一年……WEBでぼちぼちとやりはじめ、「刑事×ヤンキー高校生いいよね！」という思いつきだけで、友人たちと話したネタだったり、サイトの読者さんのリクエストだったりで、なんのプロットも立てず、ノープランでそのときそのとき、書きつづっていったものです。

いまでもサイトのほうでは、季節のイベントなどがあるとショートショートを配信したりしていますが、それをサイトの更新でやっていた時代のものですね。おかげでまあ……ストレートに言ってしまえば、シチュエーションエロスな短編が並んでおります。またぶっちゃけ言ってしまうと、当時エロ描写に関していろいろ試行錯誤していたため、実験作として書きつづったもの、だったりもしました。

ただ、途中から読者さんたちが気にいってくださり、もっと続き、と言われてどんどん書き進めるうちに、片桐もツネもキャラが膨らんで、一本の道筋のようなものができていきました。しかしながら、ストーリーの核になる部分を書いたあとから、お仕事が忙しくなり、同人誌そのものもやめることとなってしまって、個人サイトのほうで閲覧は可能にしておりましたが、最後に書いてからおそらく五年以上、放置になっていました。

時間ができたら続きを……と思いつつも完結しないままだったこのシリーズを、担当さんが「やりませんか？」と言ってくださり、このような形で再度、日の目を見ることになりました。イラストも当時から冬乃さんに書いてもらっていて、今回の文庫も彼女です。

基本的には、同人時代の短編集が、この本をいれて三冊、その後、書きおろしにて完結の予定となっております。のんびりしたペースでだしていただく予定ですので、おつきあいくださると嬉しく思います。

さてタイトルですが、同人時代にはこれといった統一タイトルがなかったため、今回、あたらしくシリーズタイトルをつけました。「トリガー・ハッピー」には、『好戦的な、攻撃的な』とか『けんかっぱやいひと』という意味があるのだそうで、ツネにぴったりかなあと思っております。とはいえ、途中からヤンキー設定はなりをひそめてまいりますが……これもその場その場のノリで書いてきた話、ならではだなあと。

十年まえの原稿を、一度、六年くらいまえ（だと思いますが記憶が曖昧……）に、自分で改稿したときのままの状態で、文庫にしていただいています。いまの自分でこれを改稿するとなると、結局一本道のストーリーにぜんぶ書き直してしまいかねず、しかし、同人誌時代、そしてサイト掲載時に、とても気にいってくださった方の多かったストーリーであるがゆえに、そこまでやってしまうのはどうなんだろうと迷い、そのまんまで文庫にしていただきました。

同じような感じで、『鈍色の空、ひかりさす青』という話も文庫にしていただきましたが、こちらはかなり硬質なネタだったのと、基本は長編一本のストーリーであったので、本編自体を大改稿しました。しかしじつは、同人バージョンでは片桐と那智《なち》が大学の先輩後輩で……という設定もあったのです。コラボ番外編も、文庫一冊分ほどありましたが『鈍色』のキャラと話が大幅に変わったので、こちらは完全にお蔵入り、となりました。

いずれにせよ、なつかしい時期の話を世にだしていただくのは、ありがたいと同時に気恥ずかしい思いもしますが、そのときの情熱や考えをぶつけきったノリと勢いと若さの短編集、どうか楽しんでいただければ、と思います。

イラスト冬乃さん。おひさしぶりのギリツネ、ありがとう！　今後もよろしく！

そして毎度ながらコアなものを拾って下さる担当さま、いろいろとご迷惑をおかけしておりますが、これからもよろしくお願いいたします。

最後に、読者様。今年はなつかしい本とあたらしい本が交互にやってくる感じの年になりそうです。いろいろと見守っていただければ、幸いに思います。

✦初出 virgin shock! ……………………同人誌作品
決壊、あるいは始まり…………同人誌作品
サマーナイトタウン………………同人誌作品
プリーズキスミー…………………同人誌作品

崎谷はるひ先生、冬乃郁也先生へのお便り、本作品に関するご意見、ご感想などは
〒151-0051 東京都渋谷区千駄ヶ谷 4-9-7
幻冬舎コミックス ルチル文庫「トリガー・ハッピー 1」係まで。

幻冬舎ルチル文庫

トリガー・ハッピー 1

2012年3月20日 第1刷発行

✦著者 崎谷はるひ さきや はるひ

✦発行人 伊藤嘉彦

✦発行元 株式会社 幻冬舎コミックス
〒151-0051 東京都渋谷区千駄ヶ谷 4-9-7
電話 03(5411)6432[編集]

✦発売元 株式会社 幻冬舎
〒151-0051 東京都渋谷区千駄ヶ谷 4-9-7
電話 03(5411)6222[営業]
振替 00120-8-767643

✦印刷・製本所 中央精版印刷株式会社

✦検印廃止

ISBN978-4-344-82449-2 C0193 Printed in Japan

幻冬舎ルチル文庫

大好評発売中

「ひとひらの祈り」

崎谷はるひ

イラスト 冬乃郁也

家では父親からの虐待を受け、高校でも激しいいじめにあっていた深津基は、弁護士・那智正吾に救われ、惹かれていく。それを知った父親から性的虐待を受ける中、那智に救われた基は彼のもとで暮らすことになり、一度だけ身体を繋ぐ。それ以来、保護者として接する那智は基を抱いてくれない。身も心も那智を求めているのに――落ち込む基は!?

620円（本体価格590円）

発行●幻冬舎コミックス　発売●幻冬舎